文學叢刊

陳福成著

甘薯史記

——陳福成超時空傳奇長詩劇

文史哲出版社印行

國家圖書館出版品預行編目資料

甘薯史記：陳福成超時空傳奇長詩劇 / 陳福成著.
-- 初版 -- 臺北市：文史哲出版社,
民 110.08
頁； 公分--（文學叢刊；439）
ISBN 978-986-314-564-6（平裝）

863.51 110012812

文學叢刊 439

甘薯史記
陳福成超時空傳奇長詩劇

著 者：陳 福 成
出 版 者：文 史 哲 出 版 社
http:// www.lapen.com.tw
e-mail：lapen@ms74.hinet.net
登記證字號：行政院新聞局版臺業字五三三七號
發 行 人：彭 正 雄
發 行 所：文 史 哲 出 版 社
印 刷 者：文 史 哲 出 版 社
臺北市羅斯福路一段七十二巷四號
郵政劃撥帳號：一六一八〇一七五
電話886-2-23511028 · 傳真886-2-23965656

定價新臺幣三二〇元

二〇二一年（民一一〇）八月初版

ISBN 978-986-314-564-6 10439

序　甘薯史記：陳福成超時空傳奇長詩劇

說甘薯
即非甘薯
是名甘薯
或叫地瓜好了

我是一個普通地瓜
深感自有天命的地瓜
地瓜肉身死了千百萬回
心識從未死過
永恆不死的識覺隨地瓜的業

從久遠之前流轉而來
再漂向無盡的大未來
千百萬年歲月流轉
我深感
不生不滅，不垢不淨
不增不減
無老死，亦無老死盡
流轉千百萬年
仍為史官

為寫好史記
我決心修煉史官的筆力
以筆墨為劍，為刀，為槍
為文武之大業
以文字為真，為善，為美

為無尚之法力
穿透時空，進出兩岸
在五嶽聖山高來高去
在長江黃河游來游去
找尋「甘薯史記」的基因
探索龍族的崛起
這是史官的職責

近二十餘年來
是我這一世身為史官的黃金時間
以一隻「少水魚」的心態
已完成一百五十冊「龍族學」著作出版
數千萬言，全部放棄個人版權
贈為龍族之民族文化公共財
本書定名《甘薯史記》

只是研究龍族在地瓜島之一部份小記
期許代代龍族子孫
要為龍族做出貢獻

一個生長在地瓜島的地瓜 **陳福成** 誌於
佛曆二五六四年 公元二〇二一年春台北蟾蜍山

附記：本書作者所有作品，都放棄個人版權，贈為中華民族公共財，任何個人、團體、出版者，都能任意印行，不須作者同意，廣為流傳為要旨。這是筆者與台北文史哲出版社董事長彭正雄先生的共同宣言。我們此生以復興中華文化為人生最高價值，中國之崛起統一進行，我們不缺席，我們從文化建設上手，奮鬥！

甘薯史記——陳福成超時空傳奇長詩劇

目　次

1、地瓜誕生後

宇宙各世界
三界二十八重天
各世界的所有物種
有哪個物種的歷史會記載地瓜
或叫甘薯的歷史
沒有，絕無可能
所以我得自己寫歷史
誰叫我只是一個地瓜
萬物中極為低賤的物種
只拿來養豬

或被人丟來丟去

我從無始之始誕生
長成一個小島狀
有誰的記憶
可以回顧我苦命的一生
關於我……
大家都把我忘懷
忘了地瓜的誕生
選擇性忘記
或演化使然
從演化開始
你就生長在這裡
四周都是空虛的海天
久遠以來

我們這些地瓜族在這裡被放生
放生也好，自由自在
地瓜和土地
有天生的親密關係

在這南蠻邊陲
天高皇帝遠
當地瓜有最大的好處
就是不值錢
不值錢，皇帝就不管了
誰會管地瓜

全宇宙都不管地瓜
然後，地瓜心裡有數
地瓜再笨

也知道自己是地瓜
我是誰？就是土裡土氣的地瓜
再土的地瓜
也有地瓜的想法
甚至是地瓜的志氣
一想到這裡
地瓜胸中開始有了熱度
四周土壤似乎也升溫了
一顆心為何冰冷呢？
用火熔冰吧
我的左鄰右舍都是一群冷冰冰的地瓜
變種或變質的地瓜
毒化的地瓜
地瓜和地瓜之間
只會殘酷嘲笑

這只能說，地瓜就是地瓜
沒出息

生為地瓜
內心很複雜
表面都那麼冷漠
冷漠是我們身為地瓜的本質
地瓜就是地瓜
無力反擊
只能忍耐
就當是對眾生的憐憫吧
憐憫那些強者
無為、不爭應是地瓜的形像
也是宿命
不敢有為，無爭之力

就過著地瓜的日子
別管天下，無視叢林
地瓜吃著自己的地瓜飯
瞇起眼睛
北看神州，在裊裊的紅羊煙霧中
主人自身不保
何以保地瓜
倭人退化成妖魔
主人打了敗仗
只好把地瓜送給倭鬼
其實倭鬼胃口很大
倭鬼是要吃下整個神之州
一個地瓜哪能滿足
當點心還不夠吃

我是誰？現在我越來越迷惑
我還是地瓜嗎？
是誰的地瓜？強者的？或弱者的？
我甚至懷疑自己的地瓜品種
懷疑自己的基因
是炎黃的？或是天皇的？
我把耳朵貼在大地上
聽不見大地的心跳
聽不見自己的心跳
地瓜死了
一個死地瓜和爛地瓜有何差別？
行屍走肉、浪費糧食
無意義的日子，一年過一年
百年如一年也過了
這最後的獨白
想必也是無人聞問
因為你就是一個甘薯

2、地瓜想飛

說地瓜想飛
真是騙死人不償命啊
別說人不相信
豬也不相信
但地瓜不能不相信自己
自己就是想飛是真的
是「想」而已

想歸想，現實裡
仍得服從命運

到底是命運來敲門
還是地瓜敲了命運的門？
都不重要
命運已將刀架在頸子上
兵艦開到門口
而地瓜們手無寸鐵
能不服從命運乎
我說的是一八九五年時
主人和倭鬼打架
虛胖又多病的主人不堪一擊
兩下就投降了
只好把地瓜送給倭鬼
從此以後的幾十年
這地瓜島上所有地瓜
全歸倭鬼所有

任由倭鬼吃、殺，享用！
地瓜雖然想飛
飛到一處安全的地方
卻無處可飛
四週空間全被封死
只得任由倭鬼吃
不管牠們要吃什麼
任由牠們吃

說起倭鬼吃相真難看
真相是很殘暴
沒辦法！倭鬼就是倭鬼
倭鬼的大頭目自稱是「天皇」
真是對天最大的污辱
天皇，不，是倭皇吧

最愛吃美美的地瓜
美美又年輕的地瓜更是最愛

說你不相信
我們地瓜雖看起來土土
一樣有帥哥美女般的地瓜
在雌性地瓜中
有閉月羞花地瓜
有沈魚落雁地瓜
有回眸一笑地瓜
這些算是特級品地瓜
必須從未開封
全部都要送到倭皇的後宮
據聞，倭皇裕仁每晚要吃一個特級品地瓜
採陰補陽

若放假日，一天要吃好幾個
但每一個地瓜只享用一次
就丟給底下的大將們享用
東條英機、三本五十六……
岡村寧次、梅津美治郎
平沼騏一郎、小磯國昭
東鄉茂德……
白鳥敏夫……
廣田弘毅、土肥原賢二
松井石根、木村兵太郎
板垣征四郎、武藤章
松岡洋右……
永野修身……
陸海空大將都有得吃
有問「次級品」地瓜做何用？

大家要知道
有數百萬校、尉、士、兵
個個都要吃地瓜
所以那次級品、再次級品
在倭鬼統治的幾十年中
無數地瓜被送到倭營
少數勇於抗拒、欲保名節者
全被先姦後殺

再說雄性地瓜吧
處理起來就簡單多了
乖乖聽話的地瓜給牠某種特權利益
養起來當走狗或打手
如買賣茶葉的特權
地瓜賣茶葉

很威風吧
當走狗有什麼關係
走狗比地瓜值錢
身強力壯的地瓜
全部送到南洋打仗
這些地瓜都有去無回
活該！誰叫你是地瓜
還有一些反抗意識濃厚的地瓜
全部殺掉，一個不留

這就是地瓜的命運
吃地瓜的倭鬼越吃越爽
地瓜越來越憔悴
痛苦指數越來越高
地瓜生出來的地瓜

越來越變種
但不管變成什麼物種
渴望飛上自由的天空
應是自然法則
所以現在的地瓜
雖然還是困居地瓜島上
很多已長出夢的翅膀
飛到主人的神州天空
現在主人已非往昔的虛胖多病
主人不僅已經強起來
且不久會成為世界盟主
倭鬼和美帝
更已開始感到恐懼
看來地瓜要轉運了
這是地瓜的夢

有夢最美
有夢起飛就可以滿足了

3、地瓜的愛恨情仇

地瓜雖土
也讀過幾天孔孟詩書
讀聖賢書，所學何事？
都說無論如何
心中不該有恨，不該有怨
但我不該恨倭鬼嗎？
恨自己是當然啦
而主人也有很多不是
打輸了牌就把地瓜讓了
和倭鬼打架輸了

就把地瓜送了
說到底是主人不行
地大物博，卻不長進
除了引來倭鬼入侵
更引起宇宙中所有邪惡物種
都到神之州
撈取所要的好料吃
地瓜對主人不能有怨嗎？

好吧！
讓我表現一點愛意
我把自己釀成地瓜酒
地瓜酒把地瓜灌醉
一醉解千愁
醉茫茫時

無怨又無恨
在地瓜島上漂流

我和我的地瓜朋友們
邊漂流邊醉茫茫
這便是現在地瓜的日常生活
不思不想
也不相互懷念
在地瓜島上待著
當一個道地的地瓜
地瓜不能一直醉茫茫
有時地瓜醒來
那些怨恨，愛恨情仇
也醒了
彷彿是醒在一八九五年

那時，我們正做著地瓜夢
地瓜夢
和許多人家的夢一樣
希望有愛
期待成家立業
生出很多地瓜
地瓜滿堂
每個雌地瓜、雄地瓜
都是帥哥美女
一對對地瓜情侶
在愛河初吻
在濁水溪畔留連
生活平淡，只是
種地瓜或生地瓜

就這樣，地瓜夢
一點也不偉大
不敢偉大
這是地瓜的愛、地瓜的情

地瓜內心純潔
思想單純
與人無仇
地瓜只有一點小小的願望
如果有選擇
地瓜只想和主人永遠在一起
雄居東亞
抬頭挺胸走在地球上
內心沒有小島的悲情
反而有幾分「自大」

這是地瓜唯一可以「大起來」的方法
若離開了主人
另立乾坤
我便什麼也不是
地瓜可能也當不成地瓜
成為海上的漂流物
所以主人是我的母體
我的活水源頭
若有人要搞分離主義
割裂地瓜的活水源頭
那便是地瓜的仇人
這是地瓜唯一的仇
地瓜有愛恨情仇不對嗎？
不該嗎？

你沒有愛恨情仇嗎？
大家都說
「歷史是勝利者書寫的」
像地瓜這樣的物種
簡直是永遠沒有機會寫歷史
所以地瓜要把握最後的時光
留下最後的獨白
這至少也是地瓜的歷史
而且比勝利者寫的
真誠又真實多了
歷史必須以真實事物為基礎
不是嗎？
地瓜的愛恨情仇
應該就是歷史中的正史

地瓜的愛恨情仇多又複雜
但加以簡化濃縮
可以是一部「被霸凌史」
自從數百年前
地瓜有知覺以來
就一直被霸凌
西洋歐鬼、東洋倭鬼……
輪流霸凌地瓜
數百年地瓜史是一部血淚史啊
你說地瓜能無怨無恨嗎？
能無怨無仇嗎？
心中能有一點愛、一點情
已是難能可貴
當然地瓜會自我勉勵

盡可能放下
當一個有愛心而少怨仇的好地瓜
但說到底
打開天窗說亮話吧
眾生的愛恨情仇無限多
自古以來，強凌弱，眾暴寡
根本就是叢林法則
地瓜被霸凌時
叫天天不應，呼地地不靈
各大強權只顧著吃
吃肉、吃地瓜
地瓜也習慣了，你們吃吧！
吃死一個少一個
地瓜就可以少一些苦難
沒了苦難

也許就沒了愛恨情仇吧！

地瓜雖是低賤的物種
我族也有自知之明
當下必須低調
把愛恨情仇全部收藏起來
因為四周有強大掠食者
個個虎視眈眈
一不小心地瓜就屍骨不存
低調再低調，我們不存在
沒有愛恨情仇

4、祈求！命運！祈求！

宇宙間有許多民族
都有名有姓
我們地瓜族也是
可是，為什麼？
為什麼大家都說沒有地瓜族
我們祈求全宇宙各民族
大家有點正義感吧
為我們正名
我們就是「地瓜族」
這麼多地瓜在地瓜島上生活了幾百年

乃至幾千年，怎會沒有地瓜族
我們最後一次祈求
祈求正名我們是「地瓜族」

我曾經也祈求天
祈求地
祈求眾神
祈求宇宙所有的強權
同情地瓜族吧
地瓜也是眾生
大家用眼睛看看苦難的地瓜族
逃難的地瓜
逃難不成沈入大海的地瓜
面黃肌瘦的地瓜小孩
或隨便看哪一個地瓜鄉村

冷落的田野
只有北風的哭聲
好像是對地瓜的詛咒
詛咒了數百年也該夠了

所有聽到地瓜祈求之各造
都當耳邊春風
春風也有溫柔的回應
地瓜絕望
從此不再祈求什麼
是地瓜無能
地瓜太服從命運
我無權祈求你們的饒恕
地瓜就是地瓜
善良得不會造反

只好思考有一天地瓜族都死了
墓誌銘就這麼寫：
地瓜族雖無豐功偉業
從未霸凌過任何生靈
也算對眾生有貢獻
對世界有付出
我們手上和心上
不曾沾著同類的鮮血
甚至仇人、敵人的鮮血
也沒有

命運！
是命運！
或者不是命運
再也不祈求命運

問天、問地、問神
會怎麼説
看看自己的長像
頭尾尖尖、中間肥腫
天生就是地瓜命
證明命運是科學的
科學又怎麼樣？
科學是給人驗證的
或推翻的
所以，地瓜為什麼不能對命運
再反叛一次？
革命是不行的
造反對地瓜很不利
若什麼都不想

什麼都不做
生活在地瓜島也可以很幸福
三餐地瓜吃得飽飽
把命運放逐吧
去他媽的狗屁命運
地瓜可以活得很自在
別想得到關愛的眼神
誰會留心大地裡一顆土土的地瓜？
誰會記得地瓜葉上一圈水中的水滴滾落？
誰會知道地瓜姓啥、名啥！
誰能阻止一朵雲飄來？
誰能叫一陣雨馬上停？
天要下雨
娘要嫁人
誰能叫他們都改變心意？

地瓜也會成長
成長過程中慢慢得到學習
祈求自己，不再祈求
無求品自高
隨順命運就是隨緣
地瓜的天性
本來就是很隨緣的物種
看看地瓜生長的環境
土地不很肥沃
主人也不太照料
隨便種
地瓜就長得肥肥壯壯
還要正名什麼？
還要祈求什麼？

在成長學習的過程中
地瓜也發現一個祕密
祈求的越多，被打壓的越兇
地瓜的災難越大
有一陣子
我們到國際上吶喊
差一點被兩個大哥割成兩半
分屍了
真是太可怕了
若持續吶喊下去
地瓜不敢想像會有何樣災難
最大的可能是
一陣可怕的大火把地瓜燒成炭

命運也是
越是反抗命運，越是
死得越慘
認命不對嗎？
認命至少可以活著
而且活得快樂
所以地瓜一定要學會認命
地瓜就是地瓜命
這是很自然的
地瓜就是地瓜
地瓜不是蘋果、不是上將梨
不是水蜜桃、不是……
這樣說地瓜就懂了
明白了

5、永冬，地瓜的冰河時代

據我們地瓜族所知
宇宙各世界
基本上都是有四季的
冬冷夏熱都是正常
說夏天很冷便是反常
這事必有因

地瓜要說的是一八九五年後
地瓜島上很長的時間
至少很多年

不僅冬天嚴寒
春夏秋三季更是極為凜冽
就像北極永冬
這當然是倭鬼來了
倭鬼任意殺害我們地瓜族
無數地瓜被屠殺
人心苦寒啊！
當然，也有很多「有用」的地瓜
不會被殺，如
閉月羞花地瓜
沈魚落雁地瓜
回眸一笑地瓜
這些特級品地瓜
被送到倭國天皇，不
是「倭皇」的後宮

給倭皇採陰補陽
倭皇用過再丟給陸海空大將
東條英機、三本五十六……
等等，享用，直到成為廢品
其他次級品等
給各級軍士享用
或當慰安婦
還有，強壯的雄性地瓜
送到南洋當砲灰

其他可以存活的地瓜
在永冬的險惡環境掙扎、掙命
這是地瓜的冰河時代
苦寒的島嶼
苦寒的海風

苦寒的人間煉獄
許多地瓜見證過
這場人造永冬的來臨和經過
任何時刻望出
都是蒼白刺骨的嚴寒
大地蒼白的可怖
世界已是全面冷血
地瓜呼救無門
天地不應

地瓜為了活下去
在險惡的環境裡喘息著
大家掙相吸一口氣
吃一口地瓜飯
苟全性命於冰河時代

不求好過於倭人竊據
當一個有風骨的地瓜
這是少數地瓜
可敬可佩的地瓜
讀過孔孟詩書的地瓜
他們知道
讀聖賢書，所學何事！
有了這個信念
定能挺過這場人造的冰河時代

我是一顆地瓜轉世的地瓜
轉世的時候
忘了喝孟婆湯
所以那永冬的夢魇
永在我心

我清楚的記得某晚
行走在荒涼的地瓜島上
為撿拾一個可以充飢的地瓜
突然聽到烏鴉
啊、啊、啊，連叫三聲
我知道可怖的事要發生了
接著是
多個倭人的浪笑和叫罵聲
還有一個雌性地瓜的呻吟哀求聲
我也知道不遠處
發生了什麼事
但我快速把自己隱沒於黑暗中
我恨自己
沒有去救那個地瓜
她是一個好地瓜

甚至年輕美麗的地瓜
這種事在那冰河時代
總是經常發生
所有的地瓜
不論性別，人人自危

茫茫地瓜島上
人造的狂風捲起人造的雪崩
肆無忌憚的
肆虐著所有的地瓜族
地瓜島上所有的神
土地公、三公、媽祖、關聖帝君……
全都不在廟裡
眾神去了哪裡？
不知道

最大的可能是逃難回了神州祖廟
眾生有難就想回家
想家裡的父母祖輩
神也是吧

為什麼眾神去神州避難？
因為倭鬼竊據了地瓜島後
島上眾神都被掃地出門
宮廟裡坐鎮的
是倭人的神道信仰諸神如
神皇產靈尊、天照大神
八幡神……等等
甚至是天皇，不——
是倭皇的死像
這些全是倭鬼的邪魔惡道

這些倭神也給全人類眾生製造無窮災難
給地瓜族的災難
比長江黃河沙還多
給神州眾生的災難
大如宇宙
真是罪惡！罪惡！
倭人倭神未來必受因果報應

可憐的地瓜族
在永冬如永夜的苦寒中求生
身體四週灌滿了冰
行動困難
大地都凍死了
死凍著眾生
天空流下的淚

凍成一把一把刀劍
刺入地瓜的心臟
在暗黑的永夜
地瓜期待有一絲亮光照來
但，太陽始終不現身
月亮和星星們
也都逃難去了
剩下一些微弱的氣息
在地瓜胸中一絲一絲的熄滅

地瓜在地瓜島上
時而生、時而死
昏昏沉沉的生活過一代又一代
有的地瓜皇民化了
有洋化了

有妖魔化
有被收買
大多尚未變質
尚是原來的地瓜種
現在我有些清醒
我是原來的地瓜

永冬仍持續著
這是宇宙演化史上規模最大的
人造冰河時代
嚴寒，冷洌考驗著所有地瓜
所有地瓜都被凍成
一條條凍地瓜
我被黑暗包圍
我不為所動

以最低調的身段活著
存活率最高
這是地瓜族在千百年生活經驗中
所得之寶訓

久遠以前
有個超大的強權
可以說是地球上唯一的「一超」
他們是統治地球一億多年的恐龍族
他們夠厲害強大吧
現在的美帝只夠幫他們提尿桶
提皮包、當走犬尚不夠格
但，結果怎樣？
災難來臨時
最強大、次強大物種

全部死光光
絕種了
而多數的弱小
存活下來

地瓜族明白這種生存法則
加上地瓜生性卑賤
不論在何處
都是謙卑、謙卑、再謙卑
處於眾中時
我們卑卑毋甚高論
各物種比身價時
我們卑卑不足道
這樣地瓜們才能活得最久
活到倭鬼死光光

我們地瓜族還活著

只是當前
地瓜的冰河時代仍持續著
我們只有忍耐、低調
在凜冽的世界找尋活路
等待倭鬼滅亡
或有一天主人強大了
地瓜便得救

6、地瓜壯遊神之州（附件一註解）

地瓜看起來雖然笨笨的
大家都這麼說
我們也是這樣認為
說到底的真相
天性有關
大半為配合生存環境的需要
不得不「大智若愚」
但無論多笨
由於基因、血緣和傳統文化的關係
地瓜也知道自己是

如假包換的龍的傳人
看官理解嗎？
地瓜是龍的傳人
神之州是所有龍傳人的祖居地
生生世世龍子孫的生存發展壯大的基地
這是許多地瓜從小知道的事

絕大多數的地瓜
一生都困居在這神州邊陲的地瓜島
只有極少幸運的地瓜
有機會壯遊神之州
筆者有幸和一群地瓜
就是阿花、阿枝、阿狗、阿貓等
都是地瓜，共遊神州
人生苦短，瞬間即逝

我利用這最後的獨白
將所見神州之美麗和壯闊
略為簡述
給後世地瓜子孫
還有所有的地瓜
都能知道自己列祖列宗
所居神州之壯美

珠穆朗瑪峰
抬頭望之恍若夢幻的女神之峰
貢嘎山是蜀山之王
神仙雕琢於雪域高原上之神山
柏格達峰是天山明珠
三峰並起直沖雲霄之雪海
雲之南有梅裡雪山

三江並流連綿十三峰之佛子聖地
東岳泰山五嶽獨尊
為我龍族精神文化縮影之聖山
天下奇險第一是西嶽華山
我等在此晉謁西嶽大帝

秀麗瑞莊峨眉山
見萬盞神燈朝普賢菩薩
到五台山聽文殊菩薩講經說法
期待龍華盛會大家來
三三秀水、六六奇峰是武夷山
輕盈飄渺間見玉女峰亭亭秀美彩姿
佛、道和理學藏廬山
天下奇雲在廬山，每日奇雲來繚繞
長白山天池是三江之源

仙女溫泉和神秘生靈引迷思
新疆天山天池古稱「瑤池」
西王母在此宴請周穆王
五方佛的化身在納木錯
繞湖行功德無量

龍族最大內陸湖是青海湖
斑頭雁和魚鷗在此建國
一到喀納斯湖，湖怪來迎客

藍綠紅橘變湖色
蘇東坡和白居易仍住西湖
白娘娘和許仙現在開飯店拼經濟
茶卡鹽湖真的看到海市蜃樓
鹽中之寶給龍族食用四千年
肇慶星湖看到黃帝鑄的鼎

石室藏奇、水月岩雲千年看不盡
洱海是白族的家園
三島四洲、五湖九曲如仙境
漓江之美如詩畫幻夢
灘潭飛瀑奇峰倒映如神仙的家園

塔里木河是水上迷宮
無繮野馬在綠色走廊奔馳
雲之南有三江並流（怒、瀾、金）
是地球最後的淨土
德天瀑布是自然界山水畫廊
唯美空靈不能說
黃果樹瀑布是宇宙第一瀑
萬馬騰奔在各星際間
壺口瀑布從天上來

一條巨龍在此擺尾
黃土高原是龍族文明文化的搖籃
推動龍族走向世界的動力
五彩灣是大自然的現代派繪畫

小寨天坑是喀斯特「岩溶漏斗地貌」
天下一坑世無雙
織金洞是神州地下童話世界
三界幻景在這裡
香格里拉在雲之南
四大教派的人間淨土
石林聳立的黑森林是彝族寶地
世上唯一石林仙境
武陵源是生靈的樂園，由張家界
加天子山、索溪峪、楊家界共構成仙境

張藝謀的英雄夢在九寨溝
人間仙境住著熊貓和鴛鴦

稻城也是傳說中的香格里拉
碧藍鑲玉似非人間
黃龍金沙鋪地、千層碧水
人間瑤池稱「神州一絕」
塔克拉瑪干沙漠茫茫河海叫人愁
死亡之海有三千歲胡楊
將軍戈壁有四大奇蹟
魔鬼城、硅化木群、恐龍溝和石錢灘
火焰山當年困住唐僧一行
今見瓜果飄香水潺潺
壞滅樓蘭王國就在羅布泊
如今樓蘭姑娘又復活

魔鬼城是大自然所建造
《臥虎藏龍》、《英雄》來拍景
世界屋脊之屋脊是阿里
千山之巔、萬川之源在這裡
鳴沙山是塞外風光第一絕
絲路敦煌月牙泉稱奇天下
世界之最雅魯藏布大峽谷
地球最後秘境正在此
長江三峽雄奇清秀
神女十二峰楚楚動人
世界第三是怒江大峽谷
絕壁飛峰駿馬奔騰
祁連山草原蒼茫浪漫又廣闊
原來是「天之山」

壩上草原最美是秋天五彩
草原、湖泊、山川、峽谷和雲彩
呼倫貝爾「千里草原鋪翡翠」
風吹草低見牛羊
天涯海角真的有
南天一柱衝擊美帝航母

南海自古是龍族海上絲路
不久將成龍族游泳池
鼓浪嶼曾被十三個邪惡帝國竊佔
現在成了萬國建築博覽園
亞龍灣是東方夏威夷
三亞歸來不看海、除卻亞龍不是灣
東寨港有神州最大紅樹海上森林
是海岸衛士和綠色長城

香港離開父母百餘年
可憐現在仍有認同危機
平遙古城裡有十九世紀亞洲的華爾街
黃帝、蚩尤、大禹在這裡說故事
鳳凰古城是湘西明珠
土家族人靜臥沱江禪修
麗江古城是東方威尼斯
金沙白族有漢藏風
皖南古村落是東方文化的縮影
龍族古代建築博物館

福建土樓是客家傳統民居
現在是世界民居建築之奇葩
開平碉樓是軍民兩用建築
中西合璧建築風

江南古鎮中烏鎮獨具風韻
吳越春秋遺風仍在
屯溪老街是活動著的清明上河圖
一到屯溪就回到宋元明清
周庄是神州第一水鄉
龍族第一個寶貝
萬里長城就是一條神龍
能穿透時空不死之龍
龍族寶物滿故宮，一九四九大搬風
國家分裂變成空，寶物何時回宮中

天壇是明清兩代帝王祭天聖地
現存龍族最大壇廟建築群
布達拉宮是世界土木石建築典範
漢藏一家文成公主功勞大

承德離宮是滿清第二政治行政中心
世界皇家園林之最
孔廟、孔府、孔林
儒家思想是龍族合法性的認證書
武當山古建築群體現元明清三代建築藝術
龍族第一大道教名山
雲岡石窟是曠世無雙的藝術寶藏
一入石窟，見性成佛

龍門石窟體現佛教文化思想
佛法常在永恆新
大足石刻將儒、佛、道集為一體
體現龍族文化的包容性
蘇州園林是龍族古典園林設計的理想品質
有超自然的深邃意境

頤和園被西方蠻族大破壞
無數寶物被盜走
世界皇陵都在比大
龍族明清皇陵勢磅礡
李冰父子建造都江堰
何樣工程二千年仍好用

坎兒井是龍族地下萬里長城
使用二千年至今完好
京杭大運河打通神州南北龍脈
有助維持大一統
元陽梯田有七族人共生共榮
傣、壯、彝、哈尼、苗、瑤、漢
大興安嶺是龍族林業大寶庫
金雞冠上的綠寶石

神農架是神州東部最大原始林保護區
炎帝神農在此嘗百草
西雙版納有三大王國：植物、動物、藥材
傣族奇風，唯美浪漫
四姑娘山是東方阿爾卑斯山、蜀山皇后
宛如一派秀美的南歐風光
梵淨山由梵天淨土點化而來
國寶金絲猴的家園
扎龍是鶴類的故鄉和保護區
全球丹頂鶴僅一千多，這裡有七百多隻
臥龍是熊貓保護區
還有金絲猴、牛羚、白唇鹿都是神州之寶

7、時代埋葬地瓜、地瓜埋葬時代

金窩、銀窩
不如自己的地瓜窩
我們一行百般無奈回到地瓜島
日子雖不好混
吃地瓜也還能維持基本生命

地瓜島越來越荒涼
屬人的物種越來越少
當然在偽官府裡
有很多人形獸天天吃香喝辣

享用著沉魚落雁的地瓜
願意當走狗的地瓜也能享受榮華富貴
這是極少數的變數地瓜
地瓜異形
「異形」來自一種「胎毒」
這是後話吧

絕大多數的善良地瓜
飢寒交迫的流放著
僅在地瓜島上被流放
某種「放生」
大家自謀生活
我也只好自我放流
流於島之荒郊、山野、溪畔
偶爾仰頭找尋天空亮光

企圖理解一個時代的黑與白
然而，活在黑暗時代
何處有善良的白
所能感受到的
好像又活回了一八九五年
我感覺自己是長壽地瓜
十六世紀以後在地瓜島上
所有西洋鬼、東洋鬼幹過的壞事都看到過

數百年來
原來我並沒有死
但為什麼數百年來僅僅是一顆心死掉
心死人未死
是為了對時代表達抗議
乃至對時代絕望

黑暗時代一直在輪迴
才去不久
又來，持續很久
其他地方是否這樣？
不知道
只是地瓜島一直這樣輪迴
有史以來
島上地瓜沒有一天過好日子
真是天地不仁

可憐所有的地瓜
地瓜再賤也有權追求好生活
不是嗎？
地瓜不該受到這樣的懲罰
何況地瓜多麼純真善良

難到時代連一點純真善良的種子也要埋葬嗎？

答案若是

乾脆把勝利的強權也埋葬

地瓜雖然弱勢

但我們活過千百萬年

也證明地瓜生命力的強大

現在地球上很多物種都快滅亡了

滅亡的原因不外

強大和價值

地瓜族因弱勢和無價得以普遍繁殖

但也不能無限制忍耐

受無限制打壓

時代要埋葬地瓜

地瓜也埋葬時代

地瓜島上為什麼近三十年來
始終處於黑暗時代
都因少數的統治階層中了一種奇毒
名之曰「胎毒」
這種「胎毒」會改變物種的本質
改變基因，成為
一種「異形」
這種病毒傳染速度極快
毒性很強
中毒後就無解無救
雌性地瓜中毒後成為「妖女」
雄性地瓜中毒後成為「魔男」
所以，近三十年來統治地瓜島的
就是一群妖女魔男

牠們比外星異形可怕

這些妖女魔男
製造地瓜島上最長也最黑的黑暗時代
牠們最大的企圖就是
毒化所有的地瓜
最後埋葬所有的地瓜
絕大多數的地瓜心裡有數
有信心、有堅定意志
我們會抵抗到底
絕不被黑暗所埋葬
最終結果我們必將
埋葬黑暗時代
埋葬異形，清除胎毒
埋葬妖女男魔

使地瓜島重回清淨
重見光明

大家都很好奇的問：
到底誰埋葬了黑暗時代？
誰埋葬了異形？
誰埋葬了妖女男魔？
就是地瓜族嗎？
是地瓜族
地瓜族心裡有數
我們不出手
因果也會出手
惡有惡報
不是不報
時候未到

因果是宇宙定律
誰能破壞？

不是不報，時候未到
在等待因果最後報應判決前
發生很多事
史官之筆不能不記

8、魔鬼黨和地瓜黨

等待因果很煩人
眾生大多耐不住性子
沒有悟性
智商演化的方向
指向退化論
以為因果不來了
或無所謂
甚至沒有因果
所以發生了很多極為邪惡的事件
那便是魔鬼黨群魔眾妖亂舞

為禍人間
地瓜島首當其衝

地瓜不能無限制忍耐
恆受打壓
也想終結黑暗時代
於是一些有志地瓜
不想成為「竹林之賢」
起而組成地瓜黨
或叫甘薯黨
大家團結起來反抗魔鬼黨

說了十二生肖都不相信
地瓜真的組成一個黨
就叫地瓜黨，比較正式叫甘薯黨

組織也算健全
黨主席、黨幹部、黨團都俱備
規模也很大
據非正式統計
地瓜黨員上看百萬
不得不說這也是一股強大的力量
能將魔鬼黨從地瓜島上
清除掉嗎？

先看看魔鬼黨的來頭吧
追根探底
所有的魔鬼黨及其外圍、粉絲等
其實也都是地瓜族
是如假包換的龍傳人
之所以成為魔鬼

源自兩個背景
第一個是百年前倭鬼殖民地瓜島時
那些「皇民化」的地瓜之後裔
這群異化地瓜和倭鬼
將地瓜島上資源掠奪一空
財富好幾代花不完
牠們已成為地瓜島上勢力極強大的魔鬼

第二種魔鬼的背景
是很多中了「胎毒」的地瓜
這是魔鬼黨經過三十年
「溫水煮青蛙」式的洗腦
讓很多本來純樸的地瓜
異化、變質
牠們開始懷疑自己是地瓜

聲稱自己不是龍傳人
只是一隻人形獸
甘願當魔鬼黨的馬前卒
為群妖之打手
魔鬼黨也就越來越強大
給地瓜島帶來無窮災難

以上是魔鬼黨勢力的兩個源題
但說到魔鬼黨之所以強大
還有一個外部原因
西方有一隻地球有史以來最大最邪惡
也是頂層掠食者，資本主義
這種妖魔資本主義
吃遍整個地球
西方妖魔恐懼龍族崛起

仍不擇手段欲裂解神州
永久分割龍族
地瓜島上的魔鬼黨
就成了西方妖魔帝國的工具
而這些魔鬼黨和眾多粉絲們
也甘願當西方妖魔之爪牙
出賣自己靈肉
出賣自己父母親人
出賣祖宗萬代
出賣龍族利益
更出賣了地瓜島上所有的利益
或賣或貪為己有
以不斷壯大自己的惡勢力

這是一個小小的地瓜島上

魔鬼黨和地瓜黨的基本格局
所以地瓜黨能將
地瓜島上的魔鬼
全部清除嗎？
這是很大的問題
如果沒有神州龍族大力加持
根本是不可能的任務
地瓜黨明知不可為
仍為之
可敬可佩啊
地瓜黨雖屢戰屢敗
還是屢敗屢戰
精神可佳吧

地瓜黨和魔鬼黨糾纏了幾十年

誰也沒能將對方
全部消滅
不過有兩次經典戰役
地瓜黨輸得不明不白
而清清楚楚
第一次有個「最牛的地瓜」領導全黨
與魔鬼黨展開決戰
兩造糾纏數月
最後在緊要關頭
魔鬼黨使出一計「瞞天過海」
無中生出兩顆神秘的子彈
正中地瓜黨要害，輸了
史稱「兩顆子彈事變」
很多地瓜追查很久
子彈從何而來？

「天」都瞞住了
眾生哪會知道？
輸得不明不白
但輸在兩顆子彈
則是清清楚楚的事

第二次戰役也很經典
魔鬼黨派出一個稱是
「溝通專家」的妖女
地瓜黨則有一個自朝鮮留學歸來的
「勇將地瓜」代表出戰
雙方戰線拉長數百公里
緒戰從一年前就開打
勇將地瓜一時風起雲湧
一支支穿雲箭射出

直達深空
似大有可為
可惜在諸多關鍵點
魔鬼黨使出一計「無中生有」
配合借刀殺人、借屍還魂
加以樹上開花
還有西方妖獸的支持
有系統的掌握連環計秘訣
竟取得全面勝利
地瓜黨輸得全都脫掉內褲
所有的地瓜氣得
要去跳太平洋
因為又輸得不明不白
而清清楚楚
大家都明白魔鬼黨的「無中生有」是

作弊行為
全球叢林中所有物種
都清楚的知道這是高明的作弊手法
但證據何在？
大家都不明不白

為何地瓜找不到對手作弊證據？
因為魔鬼黨掌控了地瓜島上
所有上游、中游、下游的
傳播工具
全部媒體都是魔鬼的代言人
乃至打手、殺手
所謂媒體是第四權
是騙死眾生不償命的鬼話
再進而更可怕的

魔鬼黨也掌控了所有檢調機制
以及所有司法系統
也都是魔鬼代言人
或打手、殺手
如此一來
怎麼查證魔鬼黨的作弊？
但無數的地瓜死不干心
還是積極推動調查
魔鬼黨為給大家一個交待
以表示大肚與清白
還是走完了調查程序
最後司法檢調公佈一個
〈聯合調查公報〉大意說
第二次比賽過程完全公正、公平、公開
一切合法、合理、合情

無任何作弊行為
這次地瓜島上的比賽
是地球演化史上最乾淨的比賽
生物史上的民主典範
之後所有魔鬼媒體亦如是刊登
全部魔鬼名嘴亦如是闡揚

地瓜黨及其粉絲
無語問天
其實地瓜黨也不是一直很差
曾經有一個「最帥的地瓜」
受到眾多地瓜支持
左派、右派、中間派
都有不少支持者
他以「清廉」著稱

因而有機會成為地瓜島的領導
很可惜他雖長得很帥
也有說他是同志地瓜
就是太軟弱
欠缺執行力，不懂管理秘訣
更有一點可疑
他心向魔鬼黨
他是地瓜黨的黨主席
卻始終執行魔鬼黨的政策
幫著魔鬼黨搞「去龍族化」的奸逆行為
又幫著魔鬼黨打壓自己的地瓜粉絲
剝削自己陣營眾多地瓜的利益

是可忍，孰不可忍！
後來這位「最帥的地瓜」

被地瓜黨和所有粉絲
罵成「亡黨亡國亡族之君」
他是典型魔鬼黨的臥底
神州大地所有的龍族
把他列為拒絕往來
還有很多龍族主張
要調整十二生肖順序
將馬調到狗後面
因為那位最帥的地瓜
就姓馬
後不了了之

當然，筆者身為千秋史官
對歷史上所有發生過的人事時地物
都要秉筆直書

且要公平、公正、真實
不帶有個別地瓜的情緒
更不能有個別偏見、私見等
對於魔鬼黨和地瓜黨數十年鬥爭
為什麼魔鬼黨始終佔上風
最後成為地瓜島上的「唯一超強」？
而地瓜黨一直落敗
幾乎敗到去跳太平洋
為什麼？
這裡面必藏有什麼玄機嗎？

其實什麼玄機也沒有
凡有一點戰略素養的地瓜都明白
像筆者這種有大戰略高度的地瓜史官
閉著眼睛，用膝蓋想也知道真相

魔鬼黨玩的是「戰爭遊戲」
戰爭可以不擇手段
可以誑騙、造假、無中生有
把對手抹黑、抹紅、抹黃
可以無法無天
無法無天本來就是戰爭遊戲
古今一切戰爭的取勝之道
不外就是無法無天
魔鬼黨真是悟到了
無法無天之無尚法門

地瓜黨玩的又是什麼遊戲？
簡言之曰：「民主遊戲」
即是民主，就有民主遊戲規則
要守法、守信、守份

要誠實、坦白，不可無中生有
要仁民愛物
要有君子風度
要有道德
要實實在在
天啊！地瓜黨和粉絲們
用很多繩子把自己手腳
死死的綁住
如此進行一場決定性的戰役
完全沒有戰略高度
這仗不用打了
看「戰略態勢」已知勝敗

或許地瓜就是地瓜
只能當個君子

老老實實低調過日子
快樂似神仙
就不要和魔鬼糾纏了
也不要和土匪打架
消滅魔鬼的事就交給神州龍族吧！

9、中胎毒後的地瓜島再異化（附件二註解）

前面已略説過「胎毒」這種東西
極為可怕之物
其毒性，毒過
蠱毒千百倍
極可能是宇宙中最毒的毒素
三界、地獄中
無有更毒者
可見其毒之可怕
其毒性存留在基因中
可毒化好幾代子孫

好幾代不斷異化變種

魔鬼黨在地瓜島上散播胎毒
無數地瓜在娘胎裡就已被毒化
出生就是魔鬼寶寶
很快長成大惡魔
很多老地瓜仍堅持自己是龍族
但他們的兒孫
都在逐漸變種
身中胎毒而不自知
如此幾十年下來
地瓜島上
不被毒化的地瓜越來越少
絕大多數地瓜
不僅已成魔鬼黨或其粉絲外圍

更是倭鬼、美鬼、洋鬼等的粉絲
甚至是牠們的打手、殺手
反過來醜化自己的龍族
背叛自己的地瓜族

中了胎毒的地瓜島後
魔鬼黨的領導階層都是來頭很大的鬼
看看有哪些鬼貨色
有鱷魚形的魑
有蛇蠍形的魅
這兩種是頂層統治的掠食者
有禿鷹形的魍
有鼠類形的魎
這兩種是中層管理的掠食者
有蟑螂形的魈

有蝗蝓形的鼊
這兩種是底層管理的掠食者
頂、中、底層組織還有很多外圍
外圍鬼就更多了
螞蝗、蒼蠅、走犬、螟蛾……
都是各種異化毒性很強的吸血鬼
地瓜島上領導、管理階層
都是這些妖魔
島上眾生如何過日子
水深火熱已不能形容

胎毒化的地瓜島
還衍生出更大的問題
物種滅絕
這是胎毒異化

再演化的自然結果

生物界經千百萬年演化
已確立兩性和諧
相輔相成
為正常、有利之發展模式
在動物界的演化規則
經千百萬年演練
大自然的設計師
以絕妙的手法讓物種生生不息
雌性立於高處成為旁觀者
任由雄性透過殘酷的相爭相鬥
供雌性選取勝出者
找到最佳基因繁衍後代
眾生演化繁衍模式皆如是

包含地瓜島所有地瓜
神州龍族
當然有極少數是例外

然而，這種千百萬年形成的演化規則
正在快速異化
地瓜島上的地瓜異化更快
龍族科學家經深入研究，提出結論
「雄性物種即將消失
最後將使物種完全滅絕
地瓜島會是地球上第一個物種滅絕的地方」
這篇研究報告發表在《龍族》雜誌
龍族科學家信誓旦旦提出警告
非危言聳聽

而是大家要正視的難題
地瓜島為何最嚴重？
為何首先滅絕？
這是因為地瓜島的魔鬼黨推行同婚政策
主張公的和公的交配
母的和母的交配
生育率必歸零
再加上許多已被胎毒感染
雄性生殖能力快速減退
形成受精困難

研究調查報告也證實
魔鬼黨及其外圍組織
被西方邪惡帝國的蠱惑
甘為邪惡美帝的打手

甚至殺手
從邪惡帝國引進毒豬、毒牛等毒肉
又從倭鬼國引進核食
凡此都是毒物
地瓜島眾生長期食用
不僅對雌雄物種造成異化變種
更造成雄性物種快速雌性化
胎毒基礎上注入同婚
地瓜島首先成為物種滅絕之島

地瓜島受胎毒、同婚毒化
造成快速物種滅絕還有一個原因
魔鬼黨勾結西方魔鬼黨
所謂西方魔鬼黨
有一個很吸引眾生的美麗名詞叫

「民主政治政黨」
實際上都極為邪惡的魔鬼黨
民主政治就是魔鬼政治
這些白種族魔妖
有極嚴重的種族歧視
對「非我族類」
就幹起種族滅絕
白種妖魔
可怕啊
曾有一魔鬼國叫澳大利亞
不僅屠殺原住民
還把數十萬原住民兒童強迫分離
強制改信基督教
學習白種妖魔文化
凡是不信基督教者

下場只有一種
殺！殺！殺！殺！殺！
白種妖魔到了美洲
建立「妖魔美帝國」
也屠殺印第安族數百萬
不信基督者全殺掉
印第安族險些滅種
這些都是西方白種魔鬼黨幹的壞事
目前仍持續在發生
黑手更早已伸入地瓜島
乃至潛入神州大地
在龍族散發妖魔的「民主毒素」
企圖作亂、顛覆

魔鬼黨勾結西方魔鬼黨

西方魔鬼黨又組成
「西方魔鬼黨聯盟」
也有一些妖魔小圈圈叫「五眼聯盟」
或叫白眼狼
其實都是白種妖魔
牠們為制壓龍族的崛起
更為掌控地瓜島
製造神州的永久分裂
阻止神州一統
經常將牠們各式武器佈於神州之領海
有艨、艟、艅、艎、艋等多種戰艦
更有超級艨艟
超級艅艎
天上、水底尚有許多隱形武器
幸好現在龍族已崛起

西方妖魔佔不到便宜
但小小地瓜島難免承受傷害
地瓜島日夜有爨火
兵燹連年
這是地瓜島上妖女魔男帶來的紅羊浩劫

地瓜島再異化
異化加胎毒
各種變異病毒流佈於島之各角落
陽光、空氣、水等生命要素
俱被毒化
毒素也毒化了各領域
舉凡媒體、音樂、體育、科學、自然……
物理、化學、語文、文學……
基本上全部都「去龍族文化」化

文學，只有魔鬼文學，沒有龍族文學
科學，只有魔鬼科學，沒有龍族科學
物理，只有魔鬼物理，沒有龍族物理
其他如法律、藝術、民俗、宗教信仰……
均如是
各領域中媒體被毒化最深
民間宗教信仰「抗毒性」最高
深值一述

媒體本應公平公正
但地瓜島上的媒體絕大多數已胎毒化
中毒不深者尚有低等良知
也被魔鬼黨收買
極少數未中毒
又堅持不受收買的公正媒體

魔鬼黨用政治方法
使其關門、收攤、鳥獸散
於是地瓜島上的媒體
已都是魔鬼黨的化妝師
魔鬼黨的外圍
也是打手或殺手
統治的妖女魔男叫他們打誰、殺誰
他們便打誰、殺誰
這些魔鬼媒體每天重要職責是：
醜化龍族
醜化龍族文明文化
將妖女美化成聖女
將魔男美化成帥哥
歌功頌德所有魔鬼政策
頌揚西方魔鬼民主、魔鬼自由

頌揚西方白種的優越性
地瓜島上的媒體實際上已是
魔鬼媒體
他們只是被權力和利益支配收買
配合魔鬼以民主、自由、人權之名
對異族進行顛覆、屠殺、滅種
數百年前如是
今亦如是

再說宗教信仰
地瓜島上的民間宗教信仰
是龍族文明文化之一部
宗教信仰不外儒、佛、道
信仰諸神如孔子、佛陀、媽祖、觀世音
還有很多重要神明如：

開漳聖王，唐代武進士陳元光
文昌帝君，唐代張亞
關聖帝君，三國關羽
三官大帝，堯、舜、禹
三清道祖，元始天尊、靈寶天尊、道德天尊
凡此……等等
大約不外儒佛道三家之融合
對於這些龍族信仰諸神
魔鬼黨的妖女聲稱「不文明，不環保」
一再下令必須信仰基督
或信仰倭人神道
否則各廟、宮、寺等
將要強制關門
再者，清明掃墓和拜祖先
魔鬼黨視為迷信

多次下令要禁止
惟成效不彰
地瓜島上民間的龍族眾神
依然是多數地瓜信仰中心
魔鬼黨要消滅龍族文明文化
想必還有更壞的手段

10、龍族，衰落到崛起

地瓜島上的很多地瓜
對神州龍族也有很多怨氣
有時怨氣沖天
地瓜島雖位在神州邊陲
古來仍是神州之一部份
地瓜祖先也都來自神州
亦龍族之一員
故地瓜族與龍族本是一家
同文同種
同受孔孟詩教

何來怨氣？

怨氣何來？
站在地瓜立場想一想就得知緣由
請問地瓜族百餘年災難
誰造成的？
倭鬼殖民地瓜島時那些災難……
無數雌性地瓜被送去當慰安婦
雄性地瓜送去南洋打仗
都有去無回
許多美麗地瓜
被送去給倭鬼「天皇」享用
凡是不接受「皇民化」的地瓜
只有一個結果
殺！殺！殺！殺！

造成這些災難的間接原因
難到不是神州龍族嗎？
倭鬼欲消滅龍族
乃入侵神州
龍族起而應戰
可惜那時龍族太虛弱
弱得不如一隻病豬
兩三下就被倭鬼打敗
打敗仗的龍族只得把地瓜島割讓給倭鬼
從此以後……

倭鬼為什麼一定要佔領神州大地
要消滅龍族？
先略為一述

大約四百多年前，龍族明萬曆年間
神州東海列島上的倭鬼族
各大妖魔爆發內戰
黑暗勢力進行對決
最後有兩個魔王勝出
豐臣秀吉和織田信長
他們打敗各勢力
統一了倭鬼
建立「倭鬼國」
但倭鬼國地小人貧資源少
常有大地震、大海嘯
隨時有島沈國亡之可能
豐臣和織田是兩個邪惡的野心家
兩個魔頭都說過：
「不幸生在小島，難展大才

應奪取神州，消滅龍族
建立大東亞偉大的倭鬼國」

從此以後
第一次「滅華之戰」，倭魔先奪朝鮮
朝鮮王國為龍族屬國
龍族大明萬曆皇帝派四十萬大軍
救援朝鮮
龍族與倭軍在朝鮮半島大決戰
史稱「龍倭朝鮮七年戰爭」
龍族全殲倭軍
但龍族大軍未到之戰爭前期
倭軍屠殺朝鮮族人
朝鮮險些滅種

倭鬼經長期休養生息
又吃了熊心豹子膽
覺得有能力消滅龍族
乃啓動第二次「滅華之戰」
此時龍族正是滿清最虛弱的時代
因為龍族被一個叫「慈禧」的妖女統治
這是神州大地的黑暗時代
除了倭鬼外
許多西方魔鬼黨都入侵神州
啃食龍肉
飲龍血
此時神州子民都忘了自己是龍族
龍的地位淪落至狗都不如
導致神州眾神重訂十二生肖順序
鼠牛虎兔蛇馬羊猴雞狗龍豬

慘啊！龍的地位狗都不如
僅比豬好一點
這種扶不起的弱龍
如何和倭鬼打仗
果然一打就吃了敗仗
史稱「龍倭甲午戰爭」
龍族只好把地瓜島割讓給倭鬼

虛弱的龍族
成為叢林中各掠食者最愛的美食
西方大小魔鬼全都來了
只要到神州邊旁叫兩聲
或派一獨木舟示威
就有得吃
反正神州地大物博夠大家吃

於是龍族被迫割地賠款
簽訂許多恥辱條約
神州之陸權、海權、空權
以及財產權、生存權、生命權
還有言論權、話語權、吃食權……
全掌控在倭鬼和西方妖魔手上
龍族快活不下去了
活在水深火熱中

物極必反
龍族開始有些覺悟者
起來領導造反、革命
換人當家、重訂典章制度
終於龍族又有了生機
神州大地也漸漸回歸一統

這種局面讓東洋的倭鬼很緊張
因為在第二次「滅華之戰」的甲午戰爭
倭鬼只拿到地瓜島
而佔領神州、消滅龍族
建立偉大的「大東亞倭鬼大帝國」
尚未實現
於是，倭鬼急著啓動第三次「滅華之戰」
不能讓龍族壯大起來
龍族戰爭打了很久
光是決戰期就有八年
若含緒戰則有十四年
龍族犧牲上億生命
才打敗倭鬼
史稱「龍倭十四年戰爭」
龍族雖勝

可謂是慘勝
自傷太重又引發了內亂

內亂惡化成內戰
打仗的結果必有一輸一贏
輸的一方流落地瓜島
贏者佔有神州大陸
兩造雖都是龍族
只因復興龍族的方法各不相同
誰也不服誰
只得暫時分治
各自驗證壯大龍族的方法
如何才能使龍族
再復興、崛起
實現龍族統一的夢想

啊！龍族之興衰
讓所有的地瓜
所有的龍傳人感傷啊！

巨龍，你醒了嗎？
三皇五帝在呼喚
眾多祖靈也在吶喊
土地醒了
天空醒了
海內外的龍子龍孫醒了嗎？
連長城也活成一條巨龍
聽到祖靈的旨意
龍族要飛天了
飛天於二十一世紀
神龍必自神州飛騰而起

君臨整個地球
使所有的魔鬼黨及其外圍妖魔
灰飛煙滅

千百年之殤，已將恢復
龍子龍孫們正要打通龍脈
打通山河江水
把神州連成一氣
使龍族五臟六腑全通
通向西，歐亞大陸
通向東，大海洋
大海洋有西方巨艦逼近
是否又要爆發一場戰爭？
龍族怕打嗎？
打了五千年的戰爭遊戲

還怕打嗎？
無懼
龍族崛起要重新掌控主權
海權、空權、陸權
凡有龍子龍孫龍傳人的地方
神州巨龍都要保障其安全

崛起啊巨龍
這是千百萬億年以來
再一次崛起
這是第幾次了
這回你掀起新的造山運動
把龍族的勢力
投向各大洋大洲
投向月亮

投向火星
向宇宙深空傳達和平交流訊息
驚動宇宙各界
眾神商議重新修訂十二生肖順序
龍牛虎兔蛇馬羊猴雞狗豬鼠
眾生各族中
龍族地位提到最高
鼠輩已不如豬
因為地瓜島上的魔鬼黨
以及西方、倭人之魔鬼黨
都是鼠輩化身
鼠輩為害世間太甚
落到豬後，真是
善有善報，惡有惡報
不是不報，時候未到

現在龍族信心十足
民族自信心回來了
一條條神龍
閃電般抖抖身子
崛起於各行各業
把玩著整個地球
現在地球要如何轉？怎樣轉？何時轉？
規則和標準要由龍族來訂
許多問題龍族說了算
只剩最後一個問題尚未解決
地瓜島上的地瓜
仍受制於妖魔
活在水深火熱中
地瓜族也是龍族一員

誰來救救地瓜島上的龍族？
誰來解放地瓜？

全球所有的魔鬼妖獸都心知肚明
讓神州龍族完全崛起壯大
牠們都沒得混了
聽到龍族要重建全球新秩序
重訂規則和標準
全都慌了！怕了！
於是部份魔鬼企圖結盟反撲
不擇手段打壓龍族
龍族也不是吃素長大的
早已研發出各種收拾妖魔的法器
來一隻捕殺一隻
一起來就一網殺盡

龍族在靜待
靜待一個用刀練兵的機會
捕殺妖魔同時也是
假道伐虢救地瓜族的機會

11、西方「新八獸聯軍」染指地瓜島

眼看著龍族一天天壯大
西方群妖眾獸急啊
急如熱鍋上的螞蟻
而以殃個虜殺嗑猻種族最急
誰是「殃個虜殺嗑猻」種？
實乃進化論舞台上一些禽獸
狼、狽、猩、狐、獾……
乃至鷹、袋鼠、無尾熊、蛇……
這些非妖即獸
在過去的數百年

西方妖獸依其工業革命的強大
掌控地球上所有物種
到處燒殺掠奪

就曾有最強的「八獸聯軍」
入侵神州龍族
搶走無數寶物
至今仍放在牠們眾多博物館中
西方妖獸都是廢物
哪有寶物
所以牠們的博物館
都放著從龍族
搶來的寶物
充場面啊

為制壓龍族崛起
西方妖獸和東洋倭鬼
又重組「新八獸聯軍」
顯現青面獠牙的戰略態勢
仔細觀之
獐頭鼠目、鬼鬼祟祟
改不了妖獸的本來面目
善者不來
來者不善
新八獸聯軍組成一支散漫的海空隊伍
首先就要染指地瓜島
八獸各出其現有可用兵器
在地瓜島四週海域
對島內窺視
似與島內魔鬼黨有所聯繫

企圖以內神通外鬼之計
使西方妖魔
再一次殖民地瓜島
將地瓜島從神州大地分離
最終使神州永久分裂
徹底制壓龍族

今之龍族已非百年前的病夫
龍族已成全球第一大經濟體
三軍武力足可消滅
任何入侵之妖魔
全殲妖魔的有生力量
然，一反常態
龍族面對「新八獸聯軍」
採柔性阻隔戰略

將妖魔戰艦
阻隔於神州領海之外
若乃無視
再進而警告驅離
展現龍族的慈悲精神
畢竟，以武力戰消滅妖魔
不得已而為之
為最後之手段

地瓜島上的魔鬼黨
經長期演化
生出了狼子野心
出賣了父母
出賣了列祖列宗
出賣了龍族利益

最終，又出賣了自己的靈肉
自願成為「新八獸聯軍」之內鬼
企圖依靠西方妖獸
以武拒統
因而經常於地瓜島之夜黑風高之際
有化整為零之八獸
進出地瓜島之偽辦公府
幹些偷偷摸摸
見不得人的妖邪勾當
凡此，都逃不出龍族之量子搜測

地瓜島之魔鬼黨
敢於背叛龍族
妄言自立乾坤
主要是八獸中之「第一妖獸」

餘七獸都是第一妖獸的跟班
這第一妖獸是名叫「白頭鷹」的老鷹族
以宇宙間最高價
賣些所謂「防禦性武器」給
地瓜島上的地瓜兵
實際上都是一堆破銅爛鐵
魔鬼黨與其地瓜兵
坐井觀天
自覺已是宇宙間第一強權之地瓜帝國
耀武揚威並向神州叫陣
可笑啊
神州龍族慈悲
一時間不忍消滅這些地瓜兵
因為都是同胞同族

由第一妖獸領銜的新八獸聯軍
動員數十戰艦
數百戰機
水面下尚有不知名之鬼潛器
從大洋之東
從地球之西
針對龍族而來
欲對神州採三面之立體包圍
自千禧年之新世紀以來
這是第幾次包圍了
然而，現在的龍族也不是吃素的
最高領導下達旨令：
「該打就打！」於是
北海、東海、南海
三大艦隊啓動「一級備戰」

東風、西風導彈鎖定八獸之主力戰備
地瓜島之四周二百公里內
劃為戰區
任何未經核准之船艦飛行器進入
一律摧毀
龍族三大艦隊與八獸戰艦對峙於
北、東、南之海域
而以南海為主戰場
評估龍族與八獸對峙之戰略態勢
雖持續數月
然，勝負已定
八獸戰艦還是「走為上計」
主動撤退了

來時浩蕩之新八獸聯軍

何以不能持久對峙？
龍族戰艦才準備要進行第二輪賽局
八獸戰艦早已乘夜黑跑光光
為何？道理也簡單
龍族有主場優勢
且龍族的崛起已是全方位的超越西方各妖獸國
各種神級兵器量產速度驚人
國力、戰力、人力、財力
都使八獸恐懼
害怕，日夜不安啊
而「殃個虜殺嗑獢」種之妖獸列國
因其資本主義式民主已是盡頭
社會貧富差距兩極化
民粹化、貧窮化、對立化、妖獸化
國勢必然衰落

少了糧草
戰艦不能持久遠征

號稱新八獸聯軍的大頭目「第一妖獸」
或一些文獻上所稱「美帝」
依然是這個星球上的第一強權
這是因為過去百年間
美帝掠奪了星球上絕大多數資源
消滅了很多反對者
建立了星球上最腐敗的政治制度
「軍工政複合體」
這是牠們一個大頭目叫杜魯門說的
實際上也是最邪惡
種族歧視——白種至上、黑種該死的
極邪惡之政治制度

目前牠雖已百病俱生
依然是叢林中最大一隻妖獸

這隻叫「美帝」的第一妖獸
到底有多可怕？
牠們在建國初期
為佔領美洲
美洲原住民俱被屠殺
就是到了近現代
這隻妖獸依然改不了屠殺本性
在非洲、中東
屠殺無數黑種族和伊斯蘭教徒
凡是不信基督者
按第一妖獸主張便是：殺、殺、殺
軍工政複合體之民主制度

基本上依靠不斷發動戰爭
維持其生存、發展和壯大

但是夜路走多碰到鬼
如今第一妖獸感到無比恐懼
恐懼於碰到龍族
以往「美帝妖獸」吃的都是「小弟弟」
從未碰過像龍族這麼大的對手
妖獸建國才二百多年
龍族已有五千多年
五千年戰爭智慧和經驗
光是三十六計就嚇壞第一妖獸
雖說死駱駝比馬大
今日的龍族信心回來了
無懼於第一妖獸

無懼於新八獸聯軍
不搞垮龍族
第一妖獸死不瞑目啊
牠要不斷拉幫結派
甩鍋龍族
醜化龍族
不擇手段圍制龍族
最終使龍族永久性分裂
徹底瓦解龍族的崛起
當下有最好的機會
就是先吃下地瓜島
乘現在
地瓜島上的魔鬼黨可以當八獸之內鬼
只要找到好時機

乘神州龍族戰力空虛時
或不注意時
一舉吃下地瓜島
宣佈地瓜島獨立並由第一妖獸保證安全
造成事實
看那龍族大軍能奈何！

這些鬼頭鬼腦的鬼技倆
龍族早已偵測清楚
現在不武統地瓜島有大戰略考量
為阻止八獸分食地瓜島
更為制壓島上魔鬼黨
龍族派出全方位立體神器
天上、海面、海底各種多功能超級兵器
每日巡航地瓜島四週
局面仍在龍族控制中

12、倭鬼啓動第四次「滅華之戰」欲先奪地瓜島

倭鬼雖八獸之一
但並非西方殃個虜殺嗑猻妖獸
牠就在東方
神州東方海上不遠處
說白了與筆者還有點關係
久遠以前
牠們與筆者都是龍族的一員
此在科學、考古學、史學

鐵證如山
如倭鬼之學者家永、津田
證實「神武」即「徐福」
甕棺之發現
彌生式土器文化
石鏃與秦錢
均屬龍族文明文化系統

從龍族之正史考察
史記、漢書載有徐福王國
漢稱「倭奴王國」
魏志有倭人傳
南北朝時稱倭王
總結來說
在龍族的秦朝時代

徐福率三千童男童女出海
在今之東洋列島建立「徐福王國」
即後來倭鬼所稱「神武天皇」

這些龍之族裔經千百年之繁殖
逐漸壯大
牲口亦多
到了龍族之大唐時代
倭鬼為提高文化
派了很多「遣唐使」到神州
學習大唐文明文化
只可惜
到了龍族的明朝時代
這個龍之族裔開始妖魔化
倭鬼出了兩個妖魔野心家

豐臣秀吉和織田信長
打開妖魔的黑盒子
創造一個神話，謂：
「消滅龍族、佔領神州
建立大東亞倭鬼帝國
是倭鬼族之天命」

從此以後
倭鬼不斷發動「亡華之戰」
前述已提到三次
其第二次「甲午之戰」奪取地瓜島
小小一個地瓜島
當倭鬼點心也不夠
何況不久後的第三次亡華之戰
倭鬼誓言「三月亡華」

結果落得個「無條件投降」
險些亡族
只好再把地瓜島吐出來
一切又回到原點

不滅龍族
倭鬼是鐵定不罷休的
所以第三次亡華之戰慘敗後
倭鬼進行休養生息
並為第四次亡華之戰做準備
準備工作包含
由下而上
工商界推「產軍一體化」
民間產業建立「軍火雄心」
軍費「聖地化」

民間進行核武製造研究
「三菱」就是「三軍」
推翻憲法，再武裝
完成核彈製造的準備
當亡華之戰一啓動
倭鬼製造一顆核彈所要時間
約比滷一鍋「滷蛋」
多一點點

當二戰結束
倭鬼無條件投降
必須吐出地瓜島時
牠們預先在島上留了倭種
約有數十萬倭種化整為零留在島上各角落
為其未來掌控地瓜島

啓動第四次亡華之戰做準備
經數十年繁殖
倭種已有數百萬
加上皇民化之後裔
成為地瓜島上
一股強大的親倭勢力
親倭勢力經組織化便是今之魔鬼黨

所以囉！今之地瓜島
再次成為「次殖民地」
是八獸的殖民地
當然，兩大殖民邪惡勢力是
第一妖獸和倭鬼
地瓜島上的魔鬼黨的一切政策
都是配合第一妖獸和倭鬼

完全犧牲自己的地瓜子民
例如，進口第一妖獸的毒豬、毒牛
進口倭鬼的污染核食
聲稱地瓜不怕放射性毒物
凡此只為配合八獸打壓神州龍族
醜化神州龍族

今之地瓜島
雖尚未落入倭鬼手掌
已是倭鬼之殖民地
也是第一妖魔殖民地
只是尚未被「軍事佔領」
這都是因為神州龍族的崛起
八獸不敢硬佔地瓜島
今之龍族已有多種「神級」兵器

可以瞬間摧毀八獸的艦隊
對現在強大的龍族
八獸怕怕
牠們不得不到神州附近耀武揚威一下
為自己壯膽
若無今之神州龍族
地瓜島早被八獸軍事佔領

八獸之中最急於想要軍事佔領地瓜島
是龍族鄰居，倭鬼
倭鬼進行第四次「滅華之戰」準備工作
已準備了幾十年
急欲先奪地瓜島
再奪朝鮮半島
接著南北兩路大軍殺入神州大陸

如何消滅龍族
佔領神州
建立大東亞倭鬼超大帝國
牠們早有一套「大戰略構想」
先奪地瓜島只是倭鬼之戰略初步
反正不亡龍族
倭鬼是永遠不罷休的

龍族有個這麼邪惡的鄰居
以殺生為天命
數百年來，牠們啓動
第一、二、三次亡華之戰
死了無數龍族列祖列宗
今之龍族依然受到這個邪惡鄰居威脅
威脅生命、財產和安全

有倭鬼在，神州永不安寧
倭鬼不滅，亞洲永無安全之日

因此，龍族有一個天命必須完成
要儘早消滅倭鬼
快則二十一世紀前葉
慢則中葉
倭鬼必須消滅
只有崛起的龍族有此能力
滅倭之道
不外傳統戰或核戰
以核武為優先選用
大約在北海道、東京、大阪、本州
投四顆核彈
必能消滅倭鬼戰力和有生力量

所餘牲口分散遷移到亞洲內陸墾荒
其列島接受各國多餘人口遷入
列島正名為「龍族扶桑省」
從此進行十年大建設
地球上從此沒有大和民族
「大不和民族」滅亡後
亞洲永無倭鬼
大家可以安全、安定生活
女人再也無懼
不怕被捉去當慰安婦

第一妖獸有個學者
大名叫「馬釘夾克」著有一書
《當龍族統治世界》結論說
龍族持續崛起

倭鬼最終必服從於龍族之領導權
還有一個叫費正清也認為
龍族之「天朝世界觀」已然形成
倭鬼對龍族只能成為屬國
定時向龍族朝貢
不然成為神州的省級單位
也是一級的「扶桑省」
今之龍族有信心
於本世紀中葉前完成天命

若本世紀中葉前
龍族慈悲尚未消滅倭鬼
倭鬼也將亡於天譴
由於倭鬼天性邪惡
幹了很多逆天之魔鬼事業

其所生之島
東臨太平洋之海底有很多空洞
巨大的空洞隨時會吞沒島嶼
導致列島全部沈入洋底
大地震、大海嘯、核災三合一大災難
乃天意、天譴
最近的「三一一災難」是天之預示
警示倭鬼
因果就要來臨了
原來，倭鬼的滅亡
只不過是「因果律」的結果

倭鬼從全方位，政經軍心
進行第四次「滅華之戰」的準備工作
經數十年準備

已算小有成績
與八獸結盟
獲得地瓜島上魔鬼黨的接應
得以「內鬼通外鬼」之計殖民地瓜島
地瓜島上更有許多「倭皇」粉絲
就等一個好時機
軍事佔領地瓜島

倭鬼等待的好時機
有可能來臨嗎？
八獸聯合尚且鬥不過今之龍族
以今日龍族之興起壯大
倭鬼等到的
恐是不久後島沈族亡

13、陣前起義的地瓜，視死如歸！

渾渾爾，噩噩爾
宇宙在渾渾爾裡化演
地球在噩噩爾內奔行
眾生在無明中流轉
誰是導演者？

千百年來
地瓜島在神州邊陲之海
浮浮沈沈
許多地瓜在這裡生生滅滅

誰是導演者？

從黑暗到啓明
叢林中眾獸開始發現地瓜島上有美食
東方，西方
都有掠食者
都想染指地瓜島
百餘年間
地瓜島成了火藥庫
是宇宙間最危險的戰場

時序走到二十一世紀前葉
地瓜島的黑暗來到
黑暗盡頭
統治地瓜島的妖女男魔

全都發瘋了
地瓜島已然成為一座火燒島
欲燒毀島上一切
眾生在水深火熱中
掙奪一口有毒的豬肉
掙吸一口污染的空氣
掙飲一口已經不潔的水
偽官府裡的妖女魔男
瘋狂的喝酒、做愛
一場又一場酒宴
這妖魔、異形
牠們好像憎恨世界
就是要吃垮這個世界
搬空整個世界
在這之前

牠們先要吃垮地瓜島
幹完地瓜島上可以幹的
搬空地瓜島上可以搬的
然後毀滅地瓜島

神州已啓動救世軍
可以終結地球上所有的黑暗時代
首先要救地瓜島上尚未中毒的地瓜
畢竟大家同文同種
地瓜也是龍族一員
但那些已中「胎毒」的地瓜
想必是無救了
只能用火化除毒性
全要燒毀，以免再傳染
沒中毒的全都要救

有一批神勇又有氣節的地瓜
組成陣前起義敢死隊
視死如歸
配合神州王師來征
定能一舉消滅異形
清除所有胎毒
別了！地瓜島！
地瓜島的得救，就從死亡開始吧
偽官府已開始倒塌
別了！地瓜島
當我們死於戰場時
就是地瓜族的新生
全體地瓜族再度擁抱龍族
成為一家人

成為龍傳人

我是冷靜的地瓜
我一點也不激動
理性的最後獨白
寫下這些地瓜族「史記」
正名「甘薯史記」
親人、朋友、同道們
雖然死了很多地瓜
死得其所
死得有價值
千百年來我也死了很多回
為我龍族壯大統一而死
死千百回也值得

死了千百回
我很清楚，我並沒有死
只是這一世的結束
這一世的事
要在這一世有個交待
交待這一世最後的獨白
機會就這一次
所以我別無選擇
要以史官的精神
提董狐之筆
客觀公正的寫好《地瓜史記》
所有陣前起義死難的地瓜
都是龍族的民族英雄
永遠享受龍族的禮敬和讚頌

至於我，我也準備走了
每個地瓜也都有自己的路
當然我仍在地瓜島
這一世還能去哪裡呢？
生命苦短
匆匆來去（說到底，無來亦無去）
似乎聽到許多地瓜的歡呼
龍族戰歌響徹雲霄
我內心的愛恨情仇都無影無蹤
因為這一世完成了自我實現
春秋大業終於有成
我可以放心的走
放心的迎接我的轉世
這是我最後的獨白
地瓜的最後，其實是沒有最後

沒有最後，在六道中流轉
或到了有一世
超出三界
解脫六道輪迴
那時當能深觀因緣法則
了知生命的緣起緣滅
如《入楞伽經》言：
諸因緣和合，愚痴分別生
不知如是法，流轉三界中

一世地瓜很短
但生生世世因緣很長
業力恆在
我的身口意作為我自當承擔

《光明童子經》言：
一切眾生所作業，縱經百劫亦不亡
因緣和合於一時，果報隨緣自當受

地瓜雖卑賤
這點悟力還是有
《眾許摩訶帝經》說
眾生之所作，善惡經百劫
因業不可壞，果報終自得

凡我地瓜族應戒慎警惕之

14、最後的地瓜島與最後的地瓜（附件三註解）

地瓜說來命苦
數百年來地瓜島有如一塊漂流物
時而漂東
偶而漂西
也曾經靠岸回到母親懷裡
不久又被搶走
被東西方各大妖獸搶來搶去
島上的地瓜就像私生子

見不得人
如此這般
被整了數百年
地瓜心性全都變了
而地瓜島仍在漂流
在氣候暖化、海水上漲中
漂流、漂流
地瓜則面臨快速物種退化
在魔鬼黨統治下
地瓜島回到石器時代
地瓜眾生越來越不樂觀

目光如豆、心胸狹隘
眾地瓜坐於小島之井洞中
宣稱宇宙就在井內

最大的天空
就是眼睛可以看到的範圍
此外，天外無天
地瓜島就是世界
這就是現在的地瓜

天外無天，人外無人
地瓜以外沒有地瓜
所以現在的地瓜有資格猖狂
尤其那些中了「胎毒」的地瓜
魔鬼的粉絲等
每日對著神州龍族
群聲狺狺
聲稱地瓜軍隊的戰力
是宇宙間

最強大的力量
這就是現在的地瓜

地瓜命苦
地瓜島則有更大的災難
這是全球性災難
所有的地瓜都無感
全球氣溫上升
海平面不斷上漲
溫室效應持繼惡化
才不過幾年
太平洋的諾魯、吐瓦魯、吉里巴斯
帛琉、斐濟等
率先沈入海底
西方各妖獸國六成泡在海水中

地瓜島附近海島
澎湖、金馬、蘭嶼、綠島、小琉球等
早已先地瓜島
沈入海底睡大頭覺

地瓜本島又如何
沒有綿長的內陸縱深
可以緩解氣候變遷的不良影響
此種災變對地瓜島的打擊
快速、激烈而無路可逃
按沈沒順序
地瓜島上
大台北地區北投、士林、蘆洲最先沈沒
接著丘陵開始淹水
最後整個淹沒

桃園機場和桃園全都不見了
宜蘭沖積扇平原從海岸鄉鎮開始淹
很快三星蔥也淹
嘉南平原從靠西部海岸開始淹
也很快淹到阿里山脈山腰
大台南地區早早沒入水中
高屏均無一倖免
沈！沈！沈！
地瓜不斷沈淪！沈淪！沈淪！
島嶼持續沈沒！沈沒！沈沒！
就在許多地瓜有生之年
地瓜島全部沈沒了
尚未沈沒的
剩下玉山山頂
面積約一千多公尺地面

尚在抗拒某種勢力的判決
奇怪的是
玉山山頂還有三個地瓜

三個死硬派地瓜
共同宣佈「地瓜民主國」獨立
國土面積
一千六百平方公尺
但為誰當總統鬥爭不休
終於暫定
大家輪流當總統，任期一年
一個當總統時
另二個為副總統
事情暫時搞定後
國土面積又少了一百多平方公尺

這些都不管了
只是其中有一個存有異心
企圖想當永久總統
掌控所有權力
不知未來結局將如何？

地瓜島在不久的未來
必將全部沈沒海底
千萬年後
也許有另一次造山運動
再重出江湖
那時已然不是地瓜吧！
太過久遠以後的事
就不去預言了

重要的是
地瓜島在沈沒的過程中
最後的地瓜
何去何從？

註定快速沈沒的地瓜島
到底是天譴
還是地瓜的共業？
這已不重要了
重要的是價值
失去其戰略價值的地方
八獸最先就遺棄了它
救都不想救
沒用的東西誰會花銀子救它呢
救了殘存地瓜

或許還要養它
這種事誰幹？
所以很多加入魔鬼黨的地瓜
皇民化地瓜
一批批湧入八獸國境
但全被退貨
因也沒臉回神州大地
只得去跳太平洋
這是受到一個魔鬼黨成員的刺激
牠說：太平洋沒有蓋子
牠先跳
大家就一起跳

還有很多心懷神州的地瓜
當然就回歸神州大地
地大物博任地瓜龍族悠遊

15、一個普通地瓜的天命，史官的職責

我是一個普通的地瓜
深感自有天命的地瓜
地瓜肉身死了千百萬回
心識從未死過
永恆不死的識覺隨地瓜的業
從久遠之前流轉而來
再漂向無盡的大未來
千百萬年歲月流轉

我深感
不生不滅，不垢不淨
不增不減
無老死，亦無老死盡
流轉千百萬年
乃為史官

因此，吾與龍族列祖列宗同在
三皇、五帝、秦皇、漢武
雖未親自拜見
亦有神交
老莊、孔孟、李杜、三蘇
都曾向他們請益
身為史官
少不了好好讀司馬遷的《史記》

至於孫武、吳起、孫臏、孔明等龍族兵法家
仍至姜太公、鬼谷子等大謀略家
都是我這老地瓜的粉絲
生命之導師

身為史官
研究宇宙各界各方之歷史
也發現歷史很多弔詭
甚至很顛倒，例如
龍族史書記載「孔明七擒七縱孟獲」
西方妖獸史書說「孟獲七擒七縱孔明」
而真實的事件被刻意略去
例如「三一九兩顆子彈弊案」
血淋淋的作弊
許多地瓜學者說子虛烏有

有些是無中生有
例如有個「二二八事件」
實乃倭鬼和第一妖魔創作之科幻作品
有個號稱「最帥的地瓜」
當了地瓜島大頭目
天天為「二二八」道歉
妖獸亦不領情
終於丟了地瓜江山
所有龍族都罵他是
亡國亡黨亡族亡家之君
從此列入龍族的拒絕往來者
禁止踏入神州大陸一步
凡此，身為史官
當秉筆直書

呈現歷史的真實
才能彰顯龍族春秋大義史觀

大約一百多年前
吾又看到一幕悲情奇景
當是時
龍族的領導階層趨向腐敗墮落
久不武備，功力盡失
此時西方妖獸正進行工業革命
船堅砲大，打敗龍族
許多妖獸紛紛入侵神州大地
奪取想吃的肥肉
妖獸不論大小強弱
只要駕一艘獨木舟到神州海岸吼一聲
就能得到割地賠款

你說奇怪不奇怪！
龍族怎麼墮落成這個樣子
還能稱龍族嗎？

當是時西方妖獸有一隻最早進行工業革命
是當時地球第一強權
有「日不落國」霸號
以武力行銷
強迫把鴨片賣到神州市場
腐敗墮落的龍族
不知不覺開始吸鴨片
吸鴨片成了全民運動
不久吸成「東亞病夫」
民族自信心都被吸光光
從此，大家都認為

龍族文明文化不如西方妖獸
甚至學者宣揚「全盤西化」
龍族都忘了「我是誰」
把祖宗寶產當成破鞋扔了

龍族外患不斷
內憂更多
由於統治階層腐敗墮落
大權被一個叫「慈禧」的老妖女控制
有志之士改革無望
忠良死於菜口市
領導與管理體系快速崩解
終於在某一夜
一夜之間統治者被推翻
由一個叫孫中山的龍頭取而代之

奈何神州已造成大分裂
許多舊勢力和新頭目開始自立乾坤
稱王有之
稱帝有之
神州儼然成為武林
頭目不論新舊
個個都有呼風喚雨的本領
都想當武林盟主
大小山頭、各大門派
個個有來頭
決戰帖如雪片般飛出

武林中個個都說是好漢
誰不想展長才
武林神州到處架起擂台

成為神州一大特色
日夜風聲鶴唳
免不了陣陣腥風血雨
長江黃河流的是血浪
哪裡顧得了蒼生
武林神州各大山頭
定要分出個勝負成敗
否則也對不起自己

十八般武藝輪流上陣
南拳與北腿對決
陽謀和陰謀論道
西毒與東冠入侵
邪門和歪道盛行
糾纏數十年

武林神州依舊糾纏不清
黑白兩道都無道
都只為謀取盟主大位
享受權力快感
但，亂極必治，分久必合
各大勢力決戰結果
一個「新龍族」成為最後的勝利者
新龍族蔚為新風潮
主掌神州
凡趕不上或不附合新風潮的勢力
都被打成落伍和封建
俱被掃地出門
甚至趕出神州大地
許多戰敗的勢力、散兵游勇

乃至龍族之阿狗阿貓
落迫龍族之王公王子
曾經到處吃人的
山大王或地主
也都被掃地出門
被迫離開神州
流落宇宙各界
或漂到星球各角落
求存謀生
有不少投靠了西方各妖獸國
過著被白種妖獸歧視的生活
這些之中
有很多永遠不忘自己是龍族
他們的後代也是龍裔子孫
當然也有變種的

變成妖獸
成為西方妖獸打壓龍族的前鋒
身為龍族
攻殺醜化龍族
乃妖獸中的妖獸

流落各方的勢力中
有一股自稱是當年龍頭孫中山的傳承者
還算是勢力強大
流落到地瓜島
仍堅持是龍的傳人
檢討了打敗仗的原因後
大家痛定思痛
決心團結奮鬥
整經軍武

很有一番中興氣象
最高領導訂出一個目標
「一年準備、兩年反攻、三年成功」
只可惜，可惜啊
受制於不利的主客環境
三年、三年又三年
縫縫補補再三年
不知過了多少個三年
始終沒有重返神州的機會
而最高領導已客死地瓜島
至今尚未埋骨
等待著有一天埋骨神州大地
慘乎！殤乎！

最高領導兩腿一蹬走了

留下一個爛攤子
小小一個地瓜島又開始分裂
為搶奪島主大位
個個都想稱王稱帝
想要萬歲萬歲萬萬歲
又紛紛架起擂台
當年倭鬼佈在地瓜島的孽種也已壯大
一個當年倭鬼警佐強姦地瓜下女生的孽種
名叫老番癲的大頭目
最終在眾多魔鬼支持下
奪取地瓜島大位
老番癲乃倭鬼所生
自然不承認自己是龍族一員
牠聲稱要自立乾坤
要結合西方妖獸列邦

攻殺龍族

小小的地瓜島分裂成兩大陣營
數百萬倭鬼後裔和西方妖獸粉絲
組成魔鬼黨
依靠西方八獸的支持
掌控地瓜島媒體
以「冷水煮青蛙」之計
進行全島大洗腦
聲稱地瓜並非龍族
地瓜是西方妖獸後裔
要割斷地瓜和神州的血緣關係
地瓜島再陷紅羊浩劫
生態環境也產生質變

地瓜島很快被妖獸化
進化的方向
指向退化
所有生物都遭殃
正常的龍族文明文化都異化
「胎毒」毒化全島
篡竊偷盜視為正常
無恥姦逆之徒高居上位
地瓜島快速在下陷、沈淪！
沈淪，下陷！沈沒！

我很厭倦
決心好好修煉史官的筆力
以筆墨為劍，為刀、為槍
為文武之大業

以文字為真，為善、為美
為無尚之法力
變幻莫測，來去無蹤
穿透時空，與天地合一
進出兩岸
在五嶽聖山高來高去
在長江黃河游來游去
豐富《甘薯史記》的內容

或於暇豫煉製成詩
以一首詩、一行句或一個字
便能滅倭鬼
滅西方妖獸，永絕後患
滅東寇和美帝
攻略任何遠近目標

圍剿任何邪魔歪道
維護神州安全
確保龍族一統江山
使龍族子民從此頂立於地球之上
凡此，龍族崛起經過
都是史官記錄要點
這是史官的職責
我身為一個普通地瓜的天命

近二十餘年來
是我這一世身為史官的黃金時間
以一隻「少水魚」的心態
盡力做好龍族史官的職責
已完成一百五十冊「龍族學」的著作出版
數千萬言，全部放棄個人版權

贈為龍族之民族文化公共財
這本就定名「甘薯史記」
只是研究龍族在地瓜島的一部份小記
期許未來的龍族子孫
不可當妖獸
要為龍族做出貢獻
才是生命的價值和意義之核心要旨

附件一

神之州絕美勝景簡介

①珠穆朗瑪峰　全球最高　萬山之聖山
位置：神之州與尼泊爾交界，海拔：八八四四米。

②貢嘎山　蜀山之王　海拔：七五五六米。
位置：四川省甘孜藏族自治州瀘定、康定、九龍三縣境內。一萬餘平方千米。

③博格達峰　天山明珠　海拔：五四四五米。
天山山脈東，新疆昌吉州境內。

④梅里雪山　雪山太子
在雲南省德欽縣東北，三江（金沙江、瀾滄江、怒江）並流地區。

⑤ 泰山　五岳之首　天下第一山
位於山東省中部，古稱：岱山、岱岳、岱宗、泰岳。從秦始皇開始，有七十二位帝王到泰山舉行封禪祭典大禮，乃我龍族精神文化象徵。

⑥ 華山　天下第一奇險山　海拔：二二〇〇米。
位置：陝西省華陰縣境內，陝、晉、豫黃河金三角交匯處。

⑦ 峨眉山　佛教四大名山之一　海拔：三〇九九米。
在四川盆地內，佛家稱「銀色世界」。

⑧ 五台山　佛教四大名山之一（另三：峨眉山、九華山、普陀山）。文殊菩薩的道場。
位置：山西省五台縣，面積約三百平方千米。

⑨ 黃山　五岳歸來不看山，黃山歸來不看岳
在安徽省南部，主要山峰有：天都峰、蓮花峰、光明頂，海拔都在一千八百多米。

⑩ 武夷山　華東大陸屋脊
在福建省西北部，有三十六奇峰、三十三秀水。

⑪盧山　海拔：一四七四米。
在江西省九江市，龍族文明發源處之。

⑫長白山天池　天池水面海拔：二一八九米。
在吉林省東南，三江（松花江、鴨綠江、圖門江）之源，龍族生態自然保護區。

⑬天山天池　湖面海拔：一九八〇米。
在新疆省阜康縣，古稱西王母的「瑤池」。

⑭納木錯　湖面海拔：四七一八米。
在西藏當雄和班戈縣境內，龍族第二大鹹水湖，世界最高鹹水湖。面積：一九二〇多平方千米。

⑮青海湖　龍族最大內陸湖　海拔：三一九六米。
位於青藏高原，面積：四五〇〇平方千米。

⑯喀納斯湖　湖面海拔：一三七〇米。
在新疆布爾津縣北，面積：四十五平方千米。

⑰西湖　龍族浪漫唯美，故事最多的湖。

在浙江杭州，面積：六〇平方千米。

⑱ 茶卡鹽湖　湖面海拔：三〇五九米。
在青海省，面積：一〇五平方千米。

⑲ 肇慶星湖　由七星岩、鼎湖山兩大景區
位在廣東肇慶市，為世界自然保護區。

⑳ 洱海　湖面海拔：一九〇〇米。
雲南省北起洱源縣，南到大理市。湖面積：二五一平方千米。有三島四
洲五湖九曲自然勝景。

㉑ 漓江　典型的中國水墨畫　美景如夢如幻
在廣西桂林，壯族自治區東北部，全長一六〇千米，譽為世上最美的
河流。

㉒ 塔里木河　神州第一大內陸河
在新疆塔里木盆地，長二一七九千米。

㉓ 三江並流　（怒江、瀾滄江、金沙江合流處）
雲南省西北部，全區約四萬平方千米，為地球最後淨土。

㉔德天瀑布　大自然的山水畫廊

在廣西大新縣碩龍鄉德天村，亞洲第一大瀑布。

㉕黃果樹瀑布　神州第一瀑

在貴州省鎮寧、關嶺兩縣境內。

㉖壺口瀑布　神州第二大瀑布

在山西省吉縣城，黃河壺口瀑布。

㉗黃土高原　海拔平均一——二千米。

位於神州中部偏北，跨越七省區，太行山以西、青海日月山以東、秦嶺以北、長城以南廣大地區。總面積約六十四萬平方千米。

㉘五彩灣　有五彩城、火燒山、化石溝三大景區。

在新疆省吉木薩爾縣北，大自然抽象畫廊。

㉙小寨天坑　天下第一坑　屬喀斯特地貌

位於重慶市奉節縣荊竹鄉小寨村。深六六六米，坑口直徑六二二米，坑底直徑五二二米。

㉚織金洞　織金天宮　龍族地下童話世界

在貴州省織金縣東北，神州地下藝術宮殿。總長十二千米，總面積七十多萬平方米。

㉛香格里拉　《消失的地平線》所述永恆寧靜之地

在雲南省西北的迪慶，藏語是「吉祥如意的地方」。二〇〇一年，迪慶已改名香格里拉縣。

㉜石林　與北京故宮、西安兵馬俑、桂林山水，為神州四大旅遊勝景。

在雲南省石林彝族自治縣內，譽稱「天下第一奇觀」，亦是喀斯特地貌。

㉝武陵源（張家界、天子山、索溪峪、楊家界）

位於湖南省武陵山脈中，面積約三七〇平方千米，大自然的人間仙境。

㉞九寨溝　海拔：二千到四千三百米。

在四川省阿壩藏族羌族自治州，美麗如童話世界，神州自然林保護區。

㉟稻城　也是傳說中的香格里拉

位於四川省甘孜藏族自治州南部，總面積：七三〇〇平方千米。

㊱黃龍　自然形成的金色巨龍

位在四川省松潘縣境內，有「人間瑤池、中國一絕」之美稱，神州現代冰川保護區，大熊貓棲息地。

㊲ 塔克拉瑪干沙漠　世界第二大沙漠

在塔里木盆地中心，總面積約三十四平方千米。維吾爾語是「進去出不來」，亦叫「死亡之海」，有「三千歲胡楊樹」，即「出生後千年不死、死後千年不倒、倒後千年不腐爛」。

㊳ 將軍戈壁（魔鬼城、硅化木、恐龍溝、石錢灘）

在準噶爾盆地東部，面積約一千平方千米。得名於吾龍族唐代有一將軍率兵在此與西突厥人決戰，境內有一將軍廟（已倒塌），地名得以流傳。

㊴ 火焰山　《西遊記》中困住唐僧一行之地

在新疆吐魯番盆地北部，神州最熱的地方，海拔五百米，地面最高溫達七十度C以上。

㊵ 羅布泊　樓蘭古國和樓蘭姑娘在此

在新疆若羌縣東北，東接敦煌，西連塔克拉瑪干沙漠，古絲路必經之地。面積約二四〇〇平方千米。

㊶ 烏爾禾魔鬼城　大自然建造的城

在新疆克拉瑪依市烏爾河區，《臥虎藏龍》、《英雄》在此拍片。

㊷阿里　千山之巔、萬山之源、西藏的西藏

在青藏高原北部羌塘高原核心地帶，世界屋脊之屋脊，佛教之「世界中心」。

㊸鳴沙山　敦煌盛景、月牙泉，塞外風光第一絕

在甘肅敦煌市西南，沙鳴沙歌，大自然的神曲，「鳴沙山怡性，月牙泉洗心」。

㊹雅魯藏布江大峽谷　世界第一大峽谷

在西藏東南，平均海拔三千米以上，侵蝕下切五千三百米，世上最高最長大峽谷。

㊺長江三峽（瞿塘峽、巫峽、西陵峽）

總長約一九二千米，三里一灣、五里一灘，名勝古蹟和自然美景無數。

㊻怒江大峽谷　世界第三大峽谷

在中緬邊境，峽谷兩岸平均海拔三千米以上。這裡生活著十多種龍族：傈傈、怒、獨龍、白、漢、普米、納西、藏、彝、傣、景頗各民族。

㊼ 祁連山草原　北方最豐美的草原
青海和甘肅省交界處，面積約二一〇〇平方千米。

㊽ 壩上草原　秋天五彩最美：草原、湖泊、山川、峽谷和藍天白雲。
在河北豐寧滿族自治縣，面積三五〇平方千米。

㊾ 呼倫貝爾草原　綠色淨土
在內蒙古東北、大興安嶺以西，總面積約九萬多平方千米。「千里草原鋪翡翠」，北方民族成長的搖籃。

㊿ 天涯海角　古代罪人流放地
海南三亞市，現在是世界最美的椰影、陽光、沙灘、海浪，世界選美聖地。

51 南海　龍族的內湖游泳池。
龍族正在大力建設，增強戰力，美帝和邪國西方國正要啟動「新八國聯軍」，入侵龍族領地。

52 鼓浪嶼　福建廈門市思明區一小島
曾是十三個西方帝國的殖民地，留下許多「國恥」，成為今之「萬國建築博覽館」。

㊾ 亞龍灣　東方夏威夷　天下第一灣
在海南省南部，「三亞歸來不看海、除卻亞龍不是灣」，是世界級旅遊勝景聖地。

㊿ 東寨港　神州最大紅樹林保護區
在海南省瓊山，面積四十平方千米。區內紅樹有十科十八種。（全世界有二十四科八十二種）

55 香港　可憐被邪惡西方帝國殖民百餘年
至今仍不知自己是「龍的傳人」，《國安法》執行後會有立竿見影成效。

56 平遙古城　神州保存最好的古代縣城
在山西省中部，面積約三平方千米，始建於周宣王時期，至今有三千年了。

57 鳳凰古城　湘西明珠
湖南土家族苗族自治州鳳凰縣，面積約六平方千米。
沈從文西著《邊城》的世界，真善美之淨土。

58 麗江古城　高原姑穌、東方威尼斯

在雲南省麗江縣，面積約四平方千米。

59 皖南古村落　東方文化縮影　古代建築博物館

在安徽省黃山市，為世界文化遺產，《臥虎藏龍》在此取景甚多。譽稱「中國畫裡的鄉村」。

60 福建土樓　軍民雙用的城堡建築

在福建、廣東、江西三省交界，盛譽「世界民居建築奇葩」。也是一千多年來，客家遷居的建築文明。

61 開平碉樓　源自明朝末年，中西合璧建築

在廣東省開平市，軍民雙用，集體防衛建築。

62 烏鎮　江南古鎮中俱特色風采

在浙江省桐鄉市，面積約七十二平方千米。建鎮始於唐代，但六千年前已有龍族先祖在此定居。

63 屯溪老街　宋代建築　明清街道風采

在安徽黃山市，有「活動著的清明上河圖」美譽，老街也叫「宋城」，全

長八三二米。

⑭ 周庄　中國第一水鄉
在江蘇省昆山市，小橋、流水、人家的人間仙境。

⑮ 萬里長城　永恆駐守神州的巨龍
東起遼寧省，西到甘肅省，全長約七千多千米，中間經過九個省。

⑯ 北京故宮　世界規模最大而完整的古代宮殿
面積約七平方千米，原名「紫禁城」，始建於明永樂年間。明、清兩代二十四位皇帝，在此登基繼位，其宮內寶物很多在地瓜島故宮，遲早要回歸。

⑰ 天壇　神州現存最大壇廟建築群
在北京崇文區西南，明清皇帝祭天聖地，總面積二十七平方千米，始建於明嘉靖時。

⑱ 布達拉宮　世界十大土木石經典建築之一
在西藏拉薩市西北郊區，為藏族古建築藝術寶庫，始建於公元六世紀，歷代再擴建。也是地球上海拔最高的大型古建築，西藏政教中心。

⑲承德避暑山莊及周圍廟宇
在河北省承德市，又叫：承德離宮或熱河行宮，是滿清第二政治中心，龍族建築文化之寶庫，世界重要文化遺產。

⑳孔廟、孔府、孔林　衍聖公府
孔子死後一年，周敬王四十二年（前四七八年），魯哀公下令祭祀孔子，把孔子住屋當廟宇。二千五百年來擴建到現在的規模，儒家思想成為「正統中國」證據。

㉑武當山古建築群　龍族第一大道教名山
在湖北省丹江口市，元、明、清三代建築藝術經典，在「天下第一仙山」之說。

㉒雲岡石窟　曠世無雙的佛教思想和藝術體現
在山西大同市西郊，洞窟數量二百五十二座，始建於北魏，有一千五百年歷史了。

㉓龍門石窟　龍族三大石窟之一
始建於北魏，在河南洛陽南郊伊河岸邊，全長一千多米，佛教文明文化

寶庫。

⑭大足石刻　儒、佛、道三家集一體
始建唐代，在重慶大足縣，佛像五萬多座。

⑮蘇州園林　江南園林甲天下　蘇州園林甲江南
在江蘇省蘇州市，最早是春秋時代吳王園囿，此後歷代有修建，已二千多年歷史。體現龍族古典園林設計的理想品質，彰顯中華文明文化的意象美。

⑯頤和園　龍族古典園林　西方邪惡帝國大搶劫
園中寶物現仍在英美法德等博物館，何時能回歸？

⑰明清皇家陵墓　江蘇、湖北、河北、遼寧都有
主要：明顯陵、清東陵、清西陵、明十三陵、明孝陵、清福陵、昭陵、永陵等。

⑱都江堰　秦昭王時李冰任蜀郡第四任太守修建，至今完好，有「鎮川之寶」美譽，永久解決了岷江水患的問題，這是世界水利工程的明珠。

⑲坎兒井　龍族的「地下長城」

在新疆吐魯番，是神州第三大歷史工程，也有二千多年歷史了。

⑳ 京杭大運河　春秋時代吳王夫差始建

南起浙江杭州，北到北京通州北關。貫通南北六省市，連接錢塘江、長江、淮河、黃河、海河五大水系，有助神州維持大一統局面。

㉑ 元陽梯田　從海拔一百多到二千多

在雲南元陽縣，面積：一一三平方千米。由低海拔到高海拔分布各民族居住生活，傣族、壯族、彝族、哈尼族、苗族、瑤族，漢族住城鎮或公路沿線。

㉒ 大興安嶺　金雞冠上的綠寶石

在內蒙和黑龍江北部，是神州林業資源寶庫，北方民族成長發源地。

㉓ 神農架　華中屋脊

在湖北、陝西、四川三省交界，神州東部最大原始林和國家自然保護區，神農炎帝曾在這裡嘗百草。

㉔ 西雙版納　植物、動物、藥材三大王國

在雲南西南部，傣族是此區主要民族，另有漢、瑤、哈尼等十三個族。

⑧⑤ 四姑娘山　東方阿爾卑斯山、蜀山皇后
在四川西部小金、汶川兩縣間，國家生態保護區，宛如一派秀美的南歐風光。

⑧⑥ 梵淨山　梵天淨土　佛光普照
在貴州省江口、松桃、印江三縣交界，總面積：五六七平方千米。

⑧⑦ 扎龍　鶴類保護區
在黑龍江省齊齊哈爾市，面積：二一〇〇平方千米。「鶴的故鄉」，神州生態保護區。

⑧⑧ 臥龍　熊貓基地
在四川省汶川縣，總面積：七千平方千米。
位於神州邊陲之地瓜島也有不少勝景，如阿里山、日月潭、太魯閣、野柳……及玉山、雪山、大霸、嘉明湖等，亦吾龍族寶地，簡介從略。

附件二

註解：雄性動物消失中

雄性動物消失中…

人間福報 2020.3.8.B7

文／派翠西亞　圖／取自網路

人類世界很早就確立：兩性和諧互助、相輔相成，最有利於人類發展。然而在動物界，由於物競天擇的演化規則，大自然的設計師不得不以絕妙的手法來創造萬物，讓雌性動物站在高處旁觀，任由雄性動物透過殘酷的相爭相鬥，供雌性動物最後在勝出者中，找到最佳基因繁衍後代。

雌性主導為生物常態

實際上，在許多物種中，例如獅群、象群、狼群、蜜蜂、螞蟻、螳螂……扮演領導者角色的都是雌性，雄性則降級為次要角色。再如海中的虎鯨、海豚家族，也是圍繞著族群中的雌性運轉的。一個虎鯨家族中的雌性，會帶領後代與牠們共同生活數十年，形成非常穩定的家庭結構。

但也因此，各物種的雄性動物，必須演化出不同的爭取異性青睞及繁殖機會的模態，不同的物種也演化出不同的擇偶偏好，才能讓每一種物種都能順利繁衍下去。

比如說，雄鳥往往會利用美麗的羽毛、舞蹈、嗓聲、殷勤獻寶……來吸引雌鳥的注意，雄孔雀愈來愈鮮艷的羽毛，就是為了吸引雌孔雀的注意。相對的，非洲織巢鳥的雌性接近雄性的時候，雄性會故意搖撼自己的巢，表示自己的巢有多麼牢固。如果雌性被打動，就會親自檢查鳥巢，一旦發現不合格，雌鳥就會轉身離去。鳥巢要是受到連續拒絕，那雄鳥就會推倒重建。

通得過考驗才得繁衍

就是這麼嚴苛的考核和試煉，使得每一種動物衍生出不同的引人風采，例如：獅子除了要有濃密的鬃毛，更要有技高一籌的打鬥能力，來顯示自己的王者風範；至於山羊、鹿、牛、馬、猴子、猩猩……等群體中的雄性動物，除了一些突出的形貌特徵如鬃毛、犄角、羽毛等，更要透過決鬥來確定自己在種群中的地位，以保證更多地交配權，從而產生更加優質的後代。

這也是為什麼，儘管從人類角度看來，雄性動物通常具有更艷麗的色彩或突出的特徵，而雌性動物則通常柔軟而樸素，但其實雄性是辛苦爭取芳心的一方，雌性則以逸代勞，地位高下不言可喻，不能只以人類的角度去觀察和判斷。

科學研究雄性消失中

然而，這些千萬年不變的演化規則，在近年受到極大的挑戰，科學家根據研究，大膽做出一個預測：「雄性動物即將從地球上逐漸消失。」科學家更信誓旦旦提出警告：這並不是危言聳聽，而是人類必須正視的一個難題。

動物學家發現，象徵美國立國精神的白頭海鵰，是分布於北美洲阿拉斯加、加拿大美國和墨西哥西北部的一種猛禽，棲息於海洋、湖泊等水域附近的森林、針葉林或沙漠等環境中。

白頭海鵰以獸類、鳥類、爬行動物、昆蟲等為食，也吃動物屍體。牠築巢於懸崖地面灌木叢或樹林中，每窩產卵1至3枚，孵化期為35天，育雛期為70天至92天，算是食物鏈中相當頂端的物種。

生殖能力因何而消退

然而，現在這種鳥類已經瀕臨滅絕，主要原因就在於雄鳥的生殖能力不斷減退中，受孕機率低、不健康卵難以孵化，加上育雛風險增加、食物取得不易，使得白頭海鵰數量一直處於滅絕邊緣。

另外，在美國佛羅里達州，科學家曾發現生殖器變短的鱷魚，顯示物種畸形有一定的比例，多少影響物種延續；在非洲，科學家也發現成年雄性花豹，睪丸滯留在腹腔內，這種類似人類隱睪症的狀況，也顯示該動物勢將無法傳宗接代。

至於英國一項調查報告則證實，生活在工業排放汙染河流中的石斑魚，60%發生了驚動的變性現象。接受調查的雄性石斑魚，受到環境荷爾蒙汙染影響，100%出現了雌性化現象，不少雄性石斑魚的生殖器，竟然開始具有排卵功能，並出現了兩性魚。為此，生物學家疾呼，動物世界確實已面臨著雌性化的危機。

各類汙染不利各物種

其實，動物如此，人類的危機也不遑多讓。這可從各國出生率不斷下降，男性生殖系統疾病明顯增加，雌性化的危機比之動物界有過之而無不及可以看出。追查其原因，則是多方面共同造成的，但大多與人類所造成的環境汙染有關，如化學藥劑不當排放、塑化劑及各種激素製劑大量泛濫，隨意放流造成環境及飲水汙染，而人和動物又靠這些水和植物生存，導致體內雌激素不斷增加，從而降低生育率。

此外，動物養殖工業化，也為動物雌性化起了推波助瀾的作用。由於人們為讓動物快速增肥，各型畜牧業在飼料中加入激素和化肥，這對動物和人類形成最大的影響，就是直接造成雄性動物體內的雄性激素退化，加上環境中無所不在的各類洗劑、殺蟲劑、農藥、生長劑……使人類及動物從胚胎期開始就對雄性產生危害，因此不只單一物種，幾乎所有物種都受到程度不一的影響。

像女人的男人越來越多

3月8日國際婦女節，且來看看動物世界中，明明公獅、雄孔雀、雄鹿……都有著俊美雄壯的外型和氣力，為何科學家卻認為，動物界其實「雌強雄弱」——大部分的雌性動物，都可單靠自己育兒求生，撐起半邊天，相對的，雄性動物卻正逐漸從地球消失……

原來如此！

附件三

註解：最後的地瓜島

警告，「2032年，全球暖化可能會上升1.5度，我們只剩下12年的時間可以遷都，台灣要趕快行動。」這是危言聳聽還是確有可能？如果台北不復存在，那台灣還有哪些縣市也會浸在海水中呢？

間福報
內各報
2019.8.31.

12年後 台北還在嗎？

未來 台灣哪裡先沉海

今年夏天，高緯度冰原、北極冰架、各地冰川及滑雪場，都受到全球氣溫上升影響而快速融解，使得海平面不是注入涓涓溪流式的上漲，而是如水管注水，上升速度快了很多，對大氣與環境的影響也急遽變得嚴重。

地球愈熱、氣候變化愈劇烈，台灣的農業將趨於滅亡。氣候改變，農作時序會大亂，最可能的短期現象是風險期增加，收穫期縮短。這些年來台灣毛毛雨、平原晨霧的日子幾乎不見了，如果山區溫差日漸縮小、山霧不再迷濛，台灣自豪的高山茶將會逐漸消失，未來的農作物也將難以按時收成。

台灣是個海島，沒有綿長的內陸縱深可以緩解氣候變遷的不良影響，氣候災變對台灣的打擊是快速、激烈而且無路可逃。而依據海平面上升探索網（Sea Level Rise Explorer）資料顯示，如果南、北兩極的冰都融化，海水可能上升65公尺。

可以想見，如果溫室效應繼續惡化，不但太平洋島國如諾魯、吐瓦魯、吉里巴斯、帛琉、斐濟等會率先沉入海水中，不用100年，歐洲的荷蘭恐有6成的國土會浸泡在海水中，至於台灣，屆時恐怕只剩下中央山脈還浮在海面上，至於澎湖及金馬、蘭嶼、綠島、小琉球等離島早就沉入水中，就算有些高山露出水面，也只剩下不適合人居的海中礁石。

其中大台北地區平地會從北投、士林、蘆洲開始淹水，接著丘陵開始淹水，到最後整個淹沒，屆時，桃園機場及整個桃園全部不見；宜蘭沖積扇（平原）會從靠海岸的鄉鎮開始淹，最後連三星蔥也淹沒；嘉南平原會從靠西部海岸的鄉鎮開始淹，逐漸淹到阿里山脈山腰；大台南區沿海鄉鎮會早早沒入水中；高屏地區平地也將無一倖免！

台獨有解了，只要幾十年，台灣剩下中央山脈浮在海上，還獨嗎？

陳福成著作全編總目

壹、兩岸關係
決戰閏八月
防衛大台灣
解開兩岸十大弔詭
大陸政策與兩岸關係

貳、國家安全
國家安全與情治機關的弔詭
國家安全與戰略關係
國家安全論壇。

參、中國學四部曲
中國歷代戰爭新詮
中國近代黨派發展研究新詮
中國政治思想新詮
中國四大兵法家新詮：孫子、吳起、孫臏、孔明

肆、歷史、人類、文化、宗教、會黨
神劍與屠刀
中國神譜
天帝教的中華文化意涵
奴婢妾匪到革命家之路：復興廣播電台謝雪紅訪講錄
洪門、青幫與哥老會研究

伍、詩〈現代詩、傳統詩〉、文學
幻夢花開一江山
赤縣行腳・神州心旅
「外公」與「外婆」的詩
尋找一座山
春秋記實
性情世界
春秋詩選
八方風雲性情世界
古晟的誕生
把腳印典藏在雲端
從魯迅文學醫人魂救國魂說起
六十後詩雜記詩集

陸、現代詩（詩人、詩社）研究
三月詩會研究
我們的春秋大業：三月詩會二十年別集
中國當代平民詩人王學忠
讀詩稗記
嚴謹與浪漫之間
一信詩學研究：解剖一隻九頭詩鵠
囚徒
胡爾泰現代詩臆說
王學忠籲天詩錄

柒、春秋典型人物研究、遊記
山西芮城劉焦智「鳳梅人」報研究
在「鳳梅人」小橋上
我所知道的孫大公

為中華民族的生存發展進百書疏
金秋六人行
漸凍勇士陳宏

捌、小說、翻譯小說

迷情・奇謀・輪迴、
愛倫坡恐怖推理小說

玖、散文、論文、雜記、詩遊記、人生小品

一個軍校生的台大閒情
古道・秋風・瘦筆
頓悟學習
春秋正義
公主與王子的夢幻、
洄游的鮭魚
男人和女人的情話真話
台灣邊陲之美
最自在的彩霞
梁又平事件後

拾、回憶錄體

五十不惑
我的革命檔案
台大教官興衰錄
迷航記、
最後一代書寫的身影
我這輩子幹了什麼好事
那些年我們是這樣寫情書的
那些年我們是這樣談戀愛的
台灣大學退休人員聯誼會第九屆理事長記實

拾壹、兵學、戰爭

孫子實戰經驗研究
第四波戰爭開山鼻祖賓拉登

拾貳、政治研究

政治學方法論概說
西洋政治思想史概述
中國全民民主統一會北京行
尋找理想國：中國式民主政治研究要綱

拾參、中國命運、喚醒國魂

大浩劫後：日本 311 天譴說
日本問題的終極處理
台大逸仙學會

拾肆、地方誌、地區研究

台北公館台大地區考古・導覽
台中開發史
台北的前世今生
台北公館地區開發史

拾伍、其他

英文單字研究
與君賞玩天地寬（文友評論）
非常傳銷學
新領導與管理實務

2015 年 9 月後新著

編號	書　　　名	出版社	出版時間	定價	字數(萬)	內容性質
81	一隻菜鳥的學佛初認識	文史哲	2015.09	460	12	學佛心得
82	海青青的天空	文史哲	2015.09	250	6	現代詩評
83	為播詩種與莊雲惠詩作初探	文史哲	2015.11	280	5	童詩、現代詩評
84	世界洪門歷史文化協會論壇	文史哲	2016.01	280	6	洪門活動紀錄
85	三搞統一：解剖共產黨、國民黨、民進黨怎樣搞統一	文史哲	2016.03	420	13	政治、統一
86	緣來艱辛非尋常－賞讀范揚松仿古體詩稿	文史哲	2016.04	400	9	詩、文學
87	大兵法家范蠡研究－商聖財神陶朱公傳奇	文史哲	2016.06	280	8	范蠡研究
88	典藏斷滅的文明：最後一代書寫身影的告別紀念	文史哲	2016.08	450	8	各種手稿
89	葉莎現代詩研究欣賞：靈山一朵花的美感	文史哲	2016.08	220	6	現代詩評
90	臺灣大學退休人員聯誼會第十屆理事長實記暨2015～2016 重要事件簿	文史哲	2016.04	400	8	日記
91	我與當代中國大學圖書館的因緣	文史哲	2017.04	300	5	紀念狀
92	廣西參訪遊記（編著）	文史哲	2016.10	300	6	詩、遊記
93	中國鄉土詩人金土作品研究	文史哲	2017.12	420	11	文學研究
94	暇豫翻翻《揚子江》詩刊：蟾蜍山麓讀書瑣記	文史哲	2018.02	320	7	文學研究
95	我讀上海《海上詩刊》：中國歷史園林豫園詩話瑣記	文史哲	2018.03	320	6	文學研究
96	天帝教第二人間使命：上帝加持中國統一之努力	文史哲	2018.03	460	13	宗教
97	范蠡致富研究與學習：商聖財神之實務與操作	文史哲	2018.06	280	8	文學研究
98	光陰簡史：我的影像回憶錄現代詩集	文史哲	2018.07	360	6	詩、文學
99	光陰考古學：失落圖像考古現代詩集	文史哲	2018.08	460	7	詩、文學
100	鄭雅文現代詩之佛法衍繹	文史哲	2018.08	240	6	文學研究
101	林錫嘉現代詩賞析	文史哲	2018.08	420	10	文學研究
102	現代田園詩人許其正作品研析	文史哲	2018.08	520	12	文學研究
103	莫渝現代詩賞析	文史哲	2018.08	320	7	文學研究
104	陳寧貴現代詩研究	文史哲	2018.08	380	9	文學研究
105	曾美霞現代詩研析	文史哲	2018.08	360	7	文學研究
106	劉正偉現代詩賞析	文史哲	2018.08	400	9	文學研究
107	陳福成著作述評：他的寫作人生	文史哲	2018.08	420	9	文學研究
108	舉起文化使命的火把：彭正雄出版及交流一甲子	文史哲	2018.08	480	9	文學研究
109	我讀北京《黃埔》雜誌的筆記	文史哲	2018.10	400	9	文學研究
110	北京天津廊坊參訪紀實	文史哲	2019.12	420	8	遊記
111	觀自在綠蒂詩話：無住生詩的漂泊詩人	文史哲	2019.12	420	14	文學研究
112	中國詩歌墾拓者海青青：《牡丹園》和《中原歌壇》	文史哲	2020.06	580	6	詩、文學
113	走過這一世的證據：影像回顧現代詩集	文史哲	2020.06	580	6	詩、文學

114	這一是我們同路的證據：影像回顧現代詩題集	文史哲	2020.06	540	6	詩、文學
115	感動世界：感動三界故事詩集	文史哲	2020.06	360	4	詩、文學
116	印加最後的獨白：蟾蜍山萬盛草齋詩稿	文史哲	2020.06	400	5	詩、文學
117	台大遺境：失落圖像現代詩題集	文史哲	2020.09	580	6	詩、文學
118	中國鄉土詩人金土作品研究反響選集	文史哲	2020.10	360	4	詩、文學
119	夢幻泡影：金剛人生現代詩經	文史哲	2020.11	580	6	詩、文學
120	范蠡完勝三十六計：智謀之理論與全方位實務操作	文史哲	2020.11	880	39	文學研究
121	我與當代中國大學圖書館的因緣（三）	文史哲	2021.01	580	6	詩、文學
122	這一世我們乘佛法行過神州大地：生身中國人的難得與光榮史詩	文史哲	2021.03	580	6	詩、文學
123	地瓜最後的獨白：陳福成長詩集	文史哲	2021.05	240	3	詩、文學
124	甘藷史記：陳福成超時空傳奇長詩劇	文史哲	2021.07	320	3	詩、文學

陳福成國防通識課程著編及其他作品

（各級學校教科書及其他）

編號	書　　名	出版社	教育部審定
1	國家安全概論（大學院校用）	幼　獅	民國 86 年
2	國家安全概述（高中職、專科用）	幼　獅	民國 86 年
3	國家安全概論（台灣大學專用書）	台　大	（臺大不送審）
4	軍事研究（大專院校用）	全　華	民國 95 年
5	國防通識（第一冊、高中學生用）	龍　騰	民國 94 年課程要綱
6	國防通識（第二冊、高中學生用）	龍　騰	同
7	國防通識（第三冊、高中學生用）	龍　騰	同
8	國防通識（第四冊、高中學生用）	龍　騰	同
9	國防通識（第一冊、教師專用）	龍　騰	同
10	國防通識（第二冊、教師專用）	龍　騰	同
11	國防通識（第三冊、教師專用）	龍　騰	同
12	國防通識（第四冊、教師專用）	龍　騰	同

註：上除編號 4，餘均非賣品，編號 4 至 12 均合著。